Obsesión implacable
Lucy Gordon

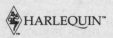

HARLEQUIN™

Editado por HARLEQUIN IBÉRICA, S.A.
Núñez de Balboa, 56
28001 Madrid

I.S.B.N.: 978-84-671-9585-9
Depósito legal: B-1055-2011
Editor responsable: Luis Pugni
Preimpresión y fotomecánica: M.T. Color & Diseño, S.L.
C/ Colquide, 6 portal 2 - 3º H. 28230 Las Rozas (Madrid)
Impresión y encuadernación: LITOGRAFÍA ROSÉS, S.A.
C/ Energía, 11. 08850 Gavá (Barcelona)
Fecha impresion para Argentina: 15.8.11
Distribuidor exclusivo para España: LOGISTA
Distribuidor para México: CODIPLYRSA
Distribuidores para Argentina: interior, BERTRAN, S.A.C. Vélez
Sársfield, 1950. Cap. Fed./ Buenos Aires y Gran Buenos Aires,
VACCARO SÁNCHEZ y Cía, S.A.
Distribuidor para Chile: DISTRIBUIDORA ALFA, S.A.

Prólogo

EL RESPLANDOR de las luces de Las Vegas se perdía en el cielo nocturno. Los hoteles y casinos bullían con el ajetreo de siempre y el dinero corría sin parar. Sin embargo, el Palace Athena brillaba más que ninguno. En los seis meses que llevaba abierto se había ganado la fama de ser más ostentoso que la competencia, y ese día se había consagrado como uno de los más grandes con la celebración de la boda de Estelle Radnor, la rutilante estrella de Hollywood. El dueño del Palace, más listo que otros, se había ganado el honor de organizar el evento ofreciéndolo todo gratis, y la hermosa Estelle, que tampoco era tonta cuando se trataba de dinero, había aceptado sin pestañear.

Los invitados acabaron en el casino y la novia se hizo muchas fotos; tirando los dados, con su recién estrenado marido, abrazando a una joven delgada y anodina y, de nuevo, probando suerte con los dados. El dueño lo observaba todo con una expresión de satisfacción.

—Achilles, amigo mío... —dijo, volviéndose hacia un joven que contemplaba la escena con una mueca de sarcasmo.

—Ya te lo he dicho. No me llames así.

—Pero tu nombre me ha traído buena suerte. Tus consejos para convertir este lugar en un sitio auténticamente griego...

—Pero si no has seguido ni uno solo de esos consejos.

—Bueno, mis clientes creen que es griego y eso es lo que importa.

–Claro. La apariencia lo es todo. Nada más importa –murmuró el joven.

–Ya veo que hoy estás un poco pesimista. ¿Es la boda? ¿Sientes envidia por ellos?

Aquiles se volvió hacia él con una mirada feroz.

–¡No digas tonterías! –le espetó–. Todo lo que siento es aburrimiento y repulsión.

–¿Las cosas no te han salido bien?

El joven se encogió de hombros.

–He perdido un millón, y antes de que termine la noche probablemente habré perdido otro. ¿Y qué?

–Ven y únete a la fiesta.

–No estoy invitado.

–¿Crees que van a rechazar al hijo del hombre más rico de Grecia?

–No van a tener oportunidad. Vete y vuelve con tus invitados.

Se alejó; una figura esbelta y solitaria seguida por dos pares de ojos, los del hombre al que acababa de dejar, y los de la joven adolescente y fea a la que la novia había abrazado un rato antes. Sin apartarse mucho de la pared, para no llamar la atención, se escabulló hasta los ascensores y subió hasta la planta cincuenta y dos para contemplar las vistas.

Arriba tanto las paredes como el techo eran de un cristal grueso y los visitantes podían mirar a su alrededor sin peligro. Fuera había una pasarela para empleados y limpiadores de cristales, pero los clientes no podían acceder a ella a menos que supieran el código de seguridad.

Maravillada, la joven contemplaba la vista a sus pies cuando de repente oyó un ligero ruido a su espalda. Al volverse reconoció al joven que estaba antes en la fiesta. Rápidamente se escondió entre las sombras y le vio acercarse a los cristales.

La estancia apenas estaba iluminada por unas pocas

luces, para que la gente pudiera apreciar mejor las vistas. Sin embargo, la extraña penumbra dibujaba a capricho los rostros que por allí pasaban. La joven le miraba, intrigada. Sus rasgos eran finos y bien definidos, serios y sombríos. Era el rostro de un muchacho, pero había una tristeza en ellos que casi rozaba la desesperación; la agonía de aquél que lleva una pesada cruz, una carga insoportable...

De repente el joven hizo algo impredecible que la hizo temblar de miedo. Introdujo un código en el control de seguridad y la puerta de cristal se deslizó hasta abrirse por completo. No había nada más que lo protegiera de una caída terrible de más de veinte plantas.

El suspiro ahogado de Petra le hizo darse la vuelta.

—¿Qué estás haciendo aquí? —le preguntó, claramente molesto—. ¿Me estás espiando?

—Claro que no. Vuelve dentro, por favor —le rogó ella—. No lo hagas.

Él retrocedió un poco, pero no se alejó mucho del borde.

—¿Qué demonios quieres decir? No iba a hacer nada. Necesitaba respirar un poco de aire.

—Pero es peligroso. Podrías caerte por accidente.

—Sé muy bien lo que estoy haciendo. Vete y déjame en paz.

—No —dijo ella, desafiante—. Yo tengo el mismo derecho que tú de tomar el aire. ¿Se está bien ahí fuera?

—¿Qué?

Tomándolo por sorpresa, la joven le pasó por delante y se situó a su lado sobre la pasarela. Nada más poner un pie fuera sintió la embestida del viento y él tuvo que agarrarla.

—¡Estúpida mujer! —le gritó—. Yo no soy el único que puede tener un accidente. ¿Quieres morir?

—¿Y tú?

—Vamos dentro.

La hizo entrar de un tirón y entonces, por primera vez, la miró a la cara.

–¿No nos hemos visto abajo?

–Sí. Estaba en el Zeus Room –dijo ella, nombrando el casino–. Me gusta observar a la gente. No podían haberle puesto un nombre mejor.

–¿Entonces sabes quién es Zeus? –preguntó él, llevándola a un sitio donde pudieran sentarse.

–Era el rey de los dioses griegos –dijo ella–. Vigilaba el mundo desde su morada, situada en la cima del monte Olimpo, dueño y señor de todas las cosas. Supongo que es así como se sienten los jugadores cuando empiezan a apostar, pero esos pobres idiotas no tardan mucho en darse cuenta de la realidad. ¿Has perdido mucho?

Él se encogió de hombros.

–Un millón. Dejé de contar después de un rato. ¿Y tú qué haces en un casino, por cierto? No creo que tengas más de quince años.

–Tengo diecisiete y soy... uno de los invitados al convite.

–Ah, claro –dijo él, fingiendo no haber notado esa pequeña vacilación en su respuesta–. Vi a la novia haciéndose una foto contigo. ¿Eres una de las damas de honor?

Ella lo miró con sarcasmo.

–¿Tengo aspecto de dama de honor? –le preguntó, levantando los brazos y mirándose el vestido que, aunque caro, no era muy glamuroso.

–Bueno...

–No me gustan demasiado las cámaras, y mucho menos delante de toda esa gente.

El joven la miró fijamente. Ella hablaba con una resignación implacable. No había ni la más mínima gota de autocompasión en aquel tono irónico.

No llevaba maquillaje alguno, llevaba el cabello muy

corto y era evidente que no se había molestado en mejorar su apariencia de ninguna forma.

–¿Y te llamas...?

–Petra. Y tú eres Achilles, ¿no?

Nada más oírla él frunció el ceño.

–Me llamo Lysandros Demetriou. Mi madre quería llamarme Aquiles, pero mi padre pensó que era demasiado sentimental. Al final llegaron a un acuerdo y Aquiles es mi segundo nombre.

–Pero el hombre que estaba contigo abajo te llamó así.

–Para él es importante que yo sea griego, porque se supone que en este lugar todo es griego.

–Qué tontos son –dijo ella, riendo suavemente.

De pronto sus miradas se encontraron.

Él era tal y como se lo había imaginado. Ojos profundos, rasgos perfectos, y un toque de orgullo e intransigencia que sólo podía reflejarse en el rostro de alguien acostumbrado a hacer su voluntad. Sin embargo, también había una oscuridad en aquella mirada impenetrable que no parecía encajar del todo.

–¿Astilleros Demetriou?

–Sí.

–La empresa más grande de Grecia –dijo ella como si estuviera recitando una lección aprendida de memoria–. Si ellos no lo quieren, entonces es que no merece la pena. Si no lo compran hoy, lo harán mañana. Si alguien se atreve a llevarles la contraria, entonces acechan entre las sombras, esperando el momento de atacar.

–Algo así –dijo él.

–O de lo contrario los arrojáis a las Furias.

Ella se refería a las tres diosas griegas de la ira y la venganza, con el cabello de serpientes y ojos que lloraban sangre. Aquellos temidos demonios atacaban a sus víctimas sin piedad.

–¿Por qué tienes que ser tan melodramática?

–Es que no puedo evitarlo, en este sitio griego «prefabricado». Pero ¿por qué no estás en Atenas, haciendo morder el polvo a tus enemigos?

–Ya me he cansado de todo eso –le dijo él en un tono brusco–. Que se las arreglen sin mí.

–Ah, no me digas que estás enfadado.

–¿Qué?

–Durante la guerra de Troya, Aquiles se enamoró de una chica. Ella venía del otro lado. Era su prisionera. Pero tuvo que dejarla ir, así que se retiró de la batalla y se encerró en su tienda de campaña. Al final volvió a la lucha, pero terminó muerto. Tú podías haber terminado igual cuando te subiste a esa pasarela.

–Ya te he dicho que no tenía intención de morir, aunque sinceramente me da lo mismo si vivo o muero. Acepto lo que venga.

–¿Ella te hizo sufrir mucho?

En la penumbra apenas podía ver su rostro, pero sí sabía con certeza que en ese momento la fulminaba con la mirada. Sus ojos fríos refulgían en la oscuridad, lanzándole una advertencia.

«¡Basta!», Petra oyó gritar a las Furias. «¡Corre antes de que te mate!».

Pero ella no era de ésas.

–¿Ella? –preguntó él en un tono de voz amenazante.

La joven le puso la mano sobre el brazo con suavidad.

–Lo siento –le susurró–. No debí haber dicho eso.

Él se levantó de repente y fue hacia la ventana abierta. Se detuvo frente al agujero y contempló la infinita negrura de la noche. La joven le siguió con sigilo.

–Me hizo confiar en ella –dijo él con un hilo de voz.

–Pero a veces está bien confiar.

–No. Nadie es tan bueno como pensamos y más tarde o más temprano la verdad termina por aparecer. Cuanto más confías en alguien, peor es cuando te traicionan. Es mejor no hacerse ilusiones.

–Pero eso es terrible. No creer en nada ni en nadie. No amar ni tener esperanza. No ser feliz... jamás.

–Y no sufrir jamás –dijo él en un tono mordaz.

–Y no volver a estar vivo jamás. Sería como estar muerto en vida. ¿Es que no lo ves? Te librarías del dolor, pero también perderías todas esas cosas por las que merece la pena vivir.

–No todo. Siempre queda el poder. Eso siempre puedes conseguirlo si renuncias a todo lo demás. Es lo único que importa. Lo demás no son más que debilidades.

–No –dijo ella con brusquedad–. No debes pensar así si no quieres arruinar tu vida.

–¿Y tú qué sabes de mi vida? –le preguntó él, enfadado–. No eres más que una niña. ¿Nunca te han hecho sentir ganas de romperlo todo hasta que no quede nada, ni siquiera tú misma?

–¿Y qué ganamos destruyéndonos a nosotros mismos?

–Te diré lo que ganas. No convertirte... en esto –le dijo, señalándose el corazón.

Petra no tuvo que preguntarle qué quería decir. A pesar de lo joven que era, parecía estar al borde del desastre, y no hacía falta mucho para hacerle saltar al vacío.

La pena y el terror se apoderaron de ella. Una parte de su ser quería salir corriendo, huir de aquella criatura que acabaría convirtiéndose en un monstruo si nadie se interponía en su camino. Sin embargo, otra parte de ella quería quedarse y rescatarle.

De repente, sin aviso de ningún tipo, él hizo aquello que la hizo decidirse; algo terrible y maravilloso al mismo tiempo. Bajó la cabeza y la dejó caer contra el hombro de ella, una y otra vez, como un hombre que se da golpes contra la pared, sin esperanza. Abrumada, ella lo estrechó entre sus brazos y sujetó con una mano aquella atormentada cabeza, obligándole a mantenerse quieto. Podía sentir su agonía, su desesperación... Era como si sólo ella pudiera consolarle en aquel mundo cruel.

Por encima del hombro de él podía ver el abismo que se abría a sus pies. Nada se interponía entre el suelo y él; nada excepto ella misma. Lo agarró con fuerza y, en silencio, le ofreció todo lo que tenía para dar. Él no se resistía. Parecía que se había quedado sin fuerzas.

Poco a poco lo hizo retroceder y entonces le miró a la cara. La acritud y la agonía se habían desvanecido, y en su lugar había aparecido una profunda tristeza mezclada con resignación, como si hubiera encontrado algo de paz, aunque incierta y efímera.

Por fin Lysandros esbozó una leve sonrisa. En su interior crecía el deseo de protegerla tal y como ella había hecho con él. Todavía quedaba bondad en el mundo; y estaba allí, en aquella chica, demasiado inocente como para entender el peligro que corría por estar a su lado.

Al final terminaría corrompiéndose, igual que los demás.

Pero esa noche no. Él no iba a permitirlo. Tecleó un código y la puerta de cristal se cerró.

—Vamos —le dijo, conduciéndola hacia los ascensores.

Un momento más tarde estaba frente a la puerta de su habitación.

—Entra, vete a la cama y no le abras a nadie.

—¿Y tú qué vas a hacer? —preguntó ella.

—Voy a perder más dinero, y después, voy a pensar un poco.

No hubiera querido decir esas últimas palabras, pero ya era tarde.

—Buenas noches, Aquiles.

—Buenas noches.

Tampoco hubiera querido hacer lo que hizo a continuación, pero antes de que pudiera tomar consciencia de ello, inclinó la cabeza y la besó en los labios.

–Entra y echa el pestillo.

Ella asintió con la cabeza y cerró la puerta. Un momento después él oyó cómo se deslizaba el pestillo. Resignado a seguir perdiendo, volvió a las mesas. No obstante, su suerte cambió de forma misteriosa y una hora más tarde ya lo había recuperado todo.

Otra hora más tarde, ya había ganado el doble. Un amuleto de buena suerte... Eso era ella. Había lanzado un hechizo y su suerte había cambiado de repente.

«Qué pena que ya nunca volveré a verla...», se dijo, sin saber que estaba equivocado.

Sí volvería a verla.

Quince años después.

Capítulo 1

LA MANSIÓN Demetriou estaba situada en las afueras de Atenas, sobre una colina desde la que se divisaban las tierras que la familia siempre había considerado suyas. Hasta ese momento lo único que les había hecho sombra era el Partenón, el clásico templo construido más de dos mil años antes; el punto más alto de la Acrópolis, pero apenas visible desde su posición al otro lado de la ciudad. No obstante, desde hacía muy poco un nuevo edificio eclipsaba a la majestuosa Villa Demetriou. Se trataba de un falso Partenón, erigido por Homer Lukas, el único hombre de Grecia que se hubiera atrevido a desafiar a la familia Demetriou o a los milenarios dioses que guardaban el templo original.

Pero Homer estaba enamorado y lógicamente trataba de impresionar a su prometida el día de la boda. En aquella mañana de primavera Lysandros Demetriou estaba de pie en la puerta del caserón, contemplando Atenas, molesto por tener que perder el tiempo asistiendo a una estúpida boda cuando en realidad tenía muchas cosas importantes que hacer. De pronto oyó un ruido a sus espaldas y se dio la vuelta. Era Stavros, un viejo amigo de su difunto padre que vivía cerca de allí. Tenía el cabello blanco y estaba demasiado delgado; el resultado de una larga vida de excesos.

—Me voy a la boda –dijo–. He venido por si querías que te llevara.

—Gracias. Te lo agradezco –dijo Lysandros con

frialdad–. Si llego pronto, nadie se ofenderá si me voy pronto.

Stavros soltó una carcajada.

–Ya veo que las bodas no te ponen nada sentimental.

–No es una boda. Es una exhibición –le dijo con sarcasmo–. Homer Lukas ha cazado a una estrella del celuloide y quiere enseñársela a todo el mundo. Y la gente les deseará lo mejor y después lo insultarán a sus espaldas. Yo sólo le deseo que Estelle Radnor le haga la vida imposible. Con un poco de suerte, lo hará... ¿Y por qué tuvieron que venir a Atenas para casarse? ¿Es que no tenían bastante con uno de esos falsos hoteles griegos, como la otra vez?

–Porque el nombre de Homer Lukas es sinónimo de astilleros griegos –dijo Stavros–. Después del tuyo, claro –añadió rápidamente.

Durante años las empresas de las familias Demetriou y Lukas habían monopolizado el sector de la industria naval, no sólo en Grecia, sino también en todo el mundo. Los clanes eran enemigos, rivales, pero siempre trataban de guardar las apariencias frente a la opinión pública porque así resultaba más rentable.

–Supongo que podría ser un auténtico enlace por amor –dijo Stavros con cinismo.

Lysandros levantó las cejas.

–¿Un auténtico...? ¿Cuántas veces se ha casado ella? ¿Seis? ¿Siete?

–Tú deberías saberlo. ¿No fuiste invitado a una de sus bodas hace años?

–No estaba invitado. En ese momento me hospedaba en el hotel de las Vegas donde se celebró el festín y vi todo el espectáculo desde la distancia. Volví a Grecia al día siguiente.

–Sí. Lo recuerdo. Tu padre estaba muy confundido. Contento, pero confundido. Por lo visto, le habías dicho que no querías volver a saber nada del negocio nunca más. Desapareciste durante dos años y entonces, de repente, como salido de la nada, entraste por la puerta y le dijiste que estabas listo para volver al trabajo. Tu padre incluso tenía miedo de que no estuvieras a la altura después de... Bueno... –se detuvo al ver la mirada sombría de Lysandros.

–Sí –dijo en un tono sosegado que era mucho más escalofriante que un grito–. Bueno, eso fue hace mucho tiempo. El pasado, pasado está.

–Sí, y tu padre finalmente quedó convencido de tus capacidades. Sus miedos eran infundados porque volviste convertido en un auténtico tigre, capaz de aterrorizarlos a todos. Estaba muy orgulloso de ti.

–Bueno, esperemos que pueda aterrorizar a Homer Lukas. De lo contrario, será que estoy perdiendo mis facultades.

–En cualquier caso, debes tener cuidado –dijo Stavros–. No ha dejado de amenazarte. Dice que les has hecho perder millones a su hijo y a él. Incluso ha llegado a decir que se los has robado.

–Yo no he robado nada. Simplemente le ofrecí un trato mejor al cliente –dijo Lysandros con indiferencia.

–Pero fue en el último minuto –dijo Stavros–. Por lo visto estaban a punto de sellar el acuerdo. El cliente tenía el bolígrafo en la mano, a punto de firmar, cuando le sonó el teléfono. Y eras tú. Le diste una información privilegiada que sólo podías haber obtenido de una forma... poco honrada.

–No creas que fue para tanto –dijo Lysandros, encogiéndose de hombros–. Cosas peores he hecho –añadió en un tono arrogante y cínico.

–Y así fueron las cosas –dijo Stavros, siguiendo con la historia–. El hombre soltó el bolígrafo, canceló el trato y se subió en tu coche. Dicen por ahí que Homer les hizo ofrendas suculentas a los dioses del Olimpo para que te lleves el castigo que mereces.

–Pero hasta ahora sigo sin castigo, así que a lo mejor los dioses no le estaban escuchando. Dicen que incluso llegó a mascullar un juramento cuando vio mi invitación a la boda. Espero que lo haya hecho.

–¿De verdad que no vas a llevar a nadie contigo?

Lysandros asintió con la cabeza sin darle mucha importancia. Solía asistir a muchas bodas por compromiso, a veces acompañado por socios o amigos, pero nunca con una mujer. Eso hubiera llamado la atención de los medios y no quería que la chica se llevara una impresión equivocada. Una mujer despechada podía hacer mucho daño y él no quería esa clase de líos mediáticos.

–Muy bien. Vámonos –dijo Stavros.

–Me temo que tendré que retrasarme un poco.

–Pero si acabas de decirme que ibas a venir conmigo.

–Sí, pero de repente me he acordado de algo que tengo que hacer. Hasta luego.

La contundencia de su despedida fue tal que Stavros no se atrevió a insistir más.

El coche lo esperaba frente a la puerta. En el asiento de atrás estaba su esposa, que se había negado a acompañarle a buscar a Lysandros. Decía que aquella casa desolada y sombría encajaba perfectamente con el hombre siniestro que vivía en ella.

–¿Cómo puede vivir en un sitio tan grande y silencioso, sin familia, sólo con unos pocos sirvientes? –le había preguntado ella en más de una ocasión–. Me pone los pelos de punta. Y eso no es lo único de él que me hace temblar –había añadido, pensando que no era la única que tenía esa opinión.

En realidad, casi toda Atenas hubiera estado de acuerdo con ella.

Stavros subió en el vehículo y le dijo lo que había pasado con Lysandros.

–¿Y por qué ha cambiado de idea y no quiere venir con nosotros?

–Es culpa mía. Fui lo bastante tonto como para mencionar el pasado, y entonces cambió por completo. Es tan extraño que haya borrado ese período como si nunca hubiera ocurrido y, sin embargo, eso es lo que le impulsa a hacer todo lo que hace. Mira lo que acaba de pasar ahora mismo. Un minuto antes estaba bien y, de repente, está deseando librarse de mí.

–Me pregunto por qué va a marcharse pronto del festín.

–Probablemente se vaya a pasar el tiempo con esa... gatita.

–Si te refieres a... –no llegó a decir el nombre–. Yo no la llamaría gatita precisamente. Su marido es uno de los hombres más influyentes en...

–Y eso la convierte en una zorra de categoría –dijo Stavros, sin medir sus palabras–. Y ahora mismo trata de guardar las distancias para disimular un poco. Su marido la ha hecho entrar por el aro. Se ha enterado de los rumores.

–Probablemente siempre lo supo –dijo su mujer con cinismo–. Hay hombres en esta ciudad a los que no les importa que sus mujeres se acuesten con Lysandros.

Stavros asintió.

–Sí, pero me parece que ella se ha implicado demasiado. Empezó a tener expectativas, así que Lysandros le insinuó algo al marido para que la atara un poco más corto. Y el marido, que no es estúpido, sabe lo que le conviene.

–Ni siquiera Lysandros puede ser tan cruel y despiadado...

–Eso es exactamente lo que es, y en el fondo todos lo sabemos muy bien –dijo Stavros en un tono tajante.

–Me pregunto si tendrá un corazón en algún sitio.

–No tiene ninguno, y es por eso que mantiene a raya a la gente.

Cuando el coche atravesó el portón, Stavros no pudo evitar mirar atrás. Lysandros estaba en la ventana, contemplando el mundo con aire pensativo, como si todo le perteneciera y no supiera muy bien cómo manejarlo.

Permaneció allí de pie hasta que el coche desapareció y entonces se volvió hacia la habitación, tratando de aclarar la mente. Aquella conversación le había afectado demasiado y tenía que ponerle remedio cuanto antes.

Un rato más tarde estaba llegando al falso Partenón de los Lukas. Bajó del coche, miró a su alrededor y entonces no tuvo más remedio que admitir que Homer se había gastado el dinero a lo grande. El gran templo de la diosa Atenea había sido recreado hasta el último detalle, tal y como debía de ser en la época en que había sido construido.

De repente le sonó el teléfono móvil. Era un mensaje de texto.

Siento todo lo que dije. Estaba enfadada. Parecía que te estabas alejando justo cuando más unidos estábamos. Por favor, llámame.

Estaba firmado con una inicial. Lysandros contestó de inmediato.

No te preocupes. Tenías razón. Lo mejor es terminar. Perdóname por hacerte daño.

Esperaba que ése fuera el final, pero un minuto más tarde recibió otro mensaje.

No quiero terminar. No sentía todo lo que dije. ¿Te veré en la boda? Podríamos hablar.

Esa vez estaba firmado con su nombre. Él respondió.

Siempre supimos que no podía durar. No podemos hablar. No quiero someterte a las habladurías de la gente.

La respuesta llegó en unos segundos.

No me importa la gente. Te quiero. Tuya para siempre.

Lysandros miró el mensaje sin creérselo todavía. Una extraña locura parecía haberse apoderado de ella hasta hacerle firmar de esa manera.
Su respuesta fue muy breve.

Te deseo lo mejor para el futuro. Por favor, borrar todos los mensajes de tu teléfono. Adiós.

Después apagó el móvil. Silenciar una máquina era sencillo, pero apagar el corazón podía llegar a ser un poco más complicado. Sin embargo, él había perfeccionado la técnica durante muchos años y su maestría estaba a prueba de cualquier mujer del planeta.
Excepto una.
Pero ya nunca volvería a verla.
A menos que tuviera muy mala suerte.
O muy buena suerte.

—¡Estás fabulosa!
Petra Radnor esbozó una sonrisa al oír el cumplido de Nikator Lukas.
—Gracias, hermano querido.
—No me llames así. Yo no soy tu hermano.
—Pero lo serás dentro de un par de horas, cuando tu padre se case con mi madre.

–Hermanastro a lo sumo. No somos parientes de sangre y puedo suspirar por ti si quiero.

–No. Tú serás el hermano que siempre he querido. Mi pequeño hermanito.

–¡Hermanito! ¡Si soy mayor que tú!

Era cierto. Él tenía treinta y siete años, mientras que ella sólo tenía treinta y dos. Sin embargo, había algo aniñado en él que resultaba entrañable. Él la admiraba mucho, y ella entendía por qué. La delgaducha Petra de la adolescencia había florecido con los años y, aunque no era hermosa según la definición de Hollywood, sí podía considerarse atractiva. Tenía una personalidad chispeante que resplandecía en sus expresivos ojos y un agudo sentido del humor. Para desviar la atención de Nikator, comenzó a hablar de Debra, la aspirante a actriz que le acompañaba esa noche.

–Estáis espectaculares esta noche. Todo el mundo verá lo afortunado que eres.

–Yo preferiría haber venido contigo –dijo él, suspirando.

–¡Oh, para ya! Después de todas las molestias que Estelle se tomó para que ella te acompañara. Deberías estar agradecido.

–Debra es maravillosa –admitió–. Por lo menos Demetriou no podrá estar a la altura.

–¿Demetriou? ¿Quieres decir Lysandros Demetriou? –preguntó Petra de repente–. ¿El auténtico Lysandros Demetriou?

–No hay necesidad de decirlo así, como si fuera importante –dijo Nikator.

–Parece que sí lo es. ¿No estaba...?

–Eso no importa. Probablemente no venga con una mujer colgada del brazo.

–He oído que tiene fama de mujeriego.

–Cierto. Pero nunca las exhibe en público. Demasiado lío, supongo. Para él son como pañuelos de usar y tirar.

Te diré una cosa. Probablemente más de la mitad de las mujeres invitadas a esta boda han pasado por su cama.

–Lo odias, ¿verdad? –preguntó ella con curiosidad.

–Hace años tuvo algo con una chica de mi familia, pero la trató muy mal.

–¿Cómo?

–No sé los detalles. Nadie lo sabe.

–Entonces a lo mejor fue ella quien lo trató mal –sugirió Petra–. Y él puede haber reaccionado mal porque estaba desilusionado.

Nikator la fulminó con la mirada.

–¿Y por qué piensas algo así?

–No lo sé –dijo ella, confusa.

Una voz misteriosa acababa de susurrar algo desde un rincón de su mente, pero no era capaz de distinguir las palabras. Era una voz que venía de mucho, mucho tiempo atrás; una voz que la perseguía a través de los años. Trató de escuchar, pero sólo encontró silencio.

–Ella huyó, y poco tiempo después oímos que estaba muerta. Fue hace muchos años, pero por aquel entonces él ya sabía cómo clavar cuchillos por la espalda. Ten cuidado. En cuanto se entere de que estás emparentada con la familia, tratará de seducirte, sólo para demostrar que puede hacerlo.

–¿Seducirme? –repitió Petra con una nota de humor–. ¿Pero qué crees que soy, una frágil damisela indefensa? Después de tanto tiempo en el mundo del cine he aprendido a usar el cinismo como arma de defensa. Créeme. De hecho a veces soy yo la que seduce.

Los ojos de Nikator brillaron.

–Ah, en ese caso... –dijo, alzando las manos.

–Vamos –dijo ella con firmeza–. Ya es hora de ir a buscar a Debra.

Para el alivio de Petra, él se alejó. Había algunas facetas de Nikki que eran más que preocupantes, pero eso podía esperar. Se suponía que iba a ser un día feliz.

Comprobó la cámara. Ese día habría un auténtico ejército de fotógrafos profesionales pululando por la sala, pero Estelle, a la que siempre llamaba por su nombre de pila aunque fuera su madre, le había pedido que hiciera algunas fotos privadas para la familia.

Se miró en el espejo por última vez y entonces frunció el ceño. Tal y como había dicho Nikator, estaba espléndida, pero lo que estaba bien para otras mujeres, no estaba tan bien para la hija de Estelle Radnor. Era el gran día de la novia y sólo ella tenía el derecho a acaparar toda la atención.

—Algo un poquito más discreto —murmuró, mirándose, y entonces fue a buscar un vestido más oscuro y simple, casi puritano.

Se lo puso, se retorció su exuberante mata de pelo en un moño y entonces volvió a mirarse.

—Mejor. Ahora nadie se fijará en mí —se dijo.

Durante sus treinta y dos años de vida había aprendido a vivir a la sombra de su madre, siempre teniendo cuidado de no eclipsar a la rutilante estrella. Sin embargo, eso ya no le suponía ningún problema. Ella quería a su madre, pero su vida estaba en otra parte.

La novia ya se había mudado a la gran mansión y en ese momento ocupaba la suite que pertenecía a la señora de la casa. Petra fue en su busca antes de empezar.

Y entonces las cosas se torcieron.

Estelle dio un grito cuando vio a su hija.

—Cariño, ¿en qué estabas pensando cuando te pusiste ese vestido? Pareces una institutriz de la época victoriana.

Petra, que ya estaba acostumbrada a la poca sutileza de su madre, no se lo tomó mal.

—Pensé que sería mejor ser un poco discreta. Tú eres la que tiene que llamar la atención de todos. Y estás absolutamente maravillosa. Vas a ser la novia más hermosa del mundo.

–Pero la gente sabe que eres mi hija –dijo Estelle–. Si sales ahí fuera aparentando diez años más, ¿qué van a decir de mí?

–A lo mejor podrías fingir que no soy tu hija –dijo Petra con un amargo sentido del humor.

–Demasiado tarde para eso. Ya lo saben. Tienes que verte joven e inocente, o de lo contrario empezarán a preguntarte cuántos años tengo. De verdad, cariño, tienes que ponerte algo más llamativo.

–Lo siento. ¿Voy a cambiarme entonces?

–Sí, por favor, y hazlo rápido. Y suéltate el cabello.

–Muy bien. Me cambiaré. Que tengas un día maravilloso.

Le dio un beso a su madre y ésta la abrazó como si no hubiera pasado nada. Estelle Radnor siempre se salía con la suya.

Al salir de la habitación, Petra sonreía, pensando que era una suerte conservar intacto el sentido del humor. Treinta y dos años de vida como hija de Estelle Radnor tenían sus ventajas, pero también habían puesto a prueba su paciencia en más de una ocasión.

De vuelta en su dormitorio, volvió a cambiarse el vestido, se soltó el pelo y se dispuso a hacer acto de presencia en los festejos. Salió al enorme jardín donde estaba la multitud de invitados y comenzó con las presentaciones, sonriendo y diciendo las cosas adecuadas. Sin embargo, de vez en cuando, su mirada se desviaba a un lado y a otro, en busca de un hombre.

Lysandros Demetriou...

¿Habría llegado ya?

Aquella extraña hora que habían pasado juntos tantos años atrás se había convertido en un sueño, pero él siempre había estado ahí. Había seguido su carrera a través de los medios, recopilando los escasos datos de su vida privada que alguna vez se filtraban a la prensa. Todavía seguía soltero y, desde la muerte de su padre, momento en el que se había convertido en el director de Demetriou Shipbuilding, vivía solo. Eso era todo lo que el mundo sabía de Lysandros Demetriou. En alguna ocasión se había encontrado con una foto en la que apenas podía reconocer a aquel joven que había conocido en Las Vegas. Su rostro había cambiado hasta el punto de inspirar miedo. Sin embargo, ella siempre recordaría a aquel muchacho inocente y despechado, cansado de la vida y desilusionado.

«Me hizo confiar en ella...», le había dicho quince años antes, como si eso hubiera sido el crimen más grande del mundo. Las fotos más recientes mostraban a un hombre de aspecto cruel y despiadado. Era difícil imaginar que ese hombre pudiera ser el mismo muchacho que se había aferrado a ella con lágrimas en los ojos, huyendo de los demonios que lo perseguían dentro de su mente. ¿Qué había sido de aquella desesperación, del dolor? ¿Acaso había sucumbido al deseo de destrucción y había terminado aniquilando su propio corazón? ¿Qué le hubiera dicho después de tantos años?

Ella no era ninguna santa. En esos quince años se había casado, divorciado y había disfrutado de la compañía masculina en toda su plenitud. Sin embargo, aquel encuentro fortuito y fugaz aún vivía intensamente en su cabeza, en su corazón y también en sus sentidos. Jamás había olvidado la sensación de aquella presencia poderosa, el leve roce de sus labios en la despedida...

En ese momento le vio.

Ella estaba de pie en lo alto de una pequeña colina, observando el desfile de invitados, y entonces le encontró entre la multitud. Era muy fácil localizarle, no sólo por su impresionante estatura, sino también por su presencia intensa, magnética, intacta después de tantos años.

Las fotos no le hacían justicia. Aquel muchacho triste se había convertido en un hombre apuesto cuyos rasgos serios, llenos de orgullo y soberbia, hubieran atraído todas las miradas en cualquier lugar. En Las Vegas lo había visto envuelto en la penumbra, pero la claridad de aquel día primaveral revelaba unos ojos oscuros y profundos, tan enigmáticos como el hombre que se escondía detrás de ellos. Nikator había dicho que no acudiría acompañado, y era cierto. Lysandros Demetriou caminaba solo y, a pesar de estar rodeado de gente, daba la impresión de ser inalcanzable. De vez en cuando alguien trataba de dirigirle la palabra. Él contestaba brevemente y seguía adelante.

La fotógrafa que había en Petra sonrió para sí. Ante sus ojos tenía a un hombre al que sí merecía la pena hacerle una foto. Y si eso le incomodaba, seguramente la perdonaría, por los viejos tiempos. Tomó una foto, y después otra. Sonrió y avanzó hasta estar delante de él.

Él levantó la vista, vio la cámara y frunció el ceño.

–Guarde eso.

–Pero...

–Y quítese de mi vista.

Antes de que pudiera decir nada él siguió adelante.

Petra se quedó sola y su sonrisa se desvaneció. La había mirado a la cara, pero no la había reconocido... No podía hacer otra cosa excepto seguir caminando con la multitud hasta llegar al templo y ocupar su lugar. No la había reconocido, pero no importaba. Habían pasado más de quince años y ella había cambiado mucho.

«Qué tonta he sido. ¿Cómo iba a acordarse de mí?», pensó, esbozando una sonrisa. Ya era hora de desterrar aquellas estúpidas fantasías románticas y pasárselo bien.

Pasárselo bien... a costa de él... Le estaría bien empleado por haber pasado de largo sin siquiera saludarla. La música comenzó a sonar al tiempo que la novia hacía su entrada en el templo, vestida con un despampanante traje de satén y aparentando más de diez años menos. Petra se unió a los otros fotógrafos y se olvidó de todo lo ocurrido. Lysandros estaba sentado en la primera fila. Al verla frunció el ceño durante un instante, como si tratara de resolver un complicado puzle.

Tras pronunciar los votos matrimoniales, los novios avanzaron lentamente por el pasillo, sonrientes, adinerados, poderosos, contentos de haber hecho una buena adquisición. Los invitados comenzaron a abandonar el templo.

–Lysandros, amigo mío, me alegro de verte.

Al darse la vuelta se encontró con Nikator Lukas. Iba directo hacia él, con los brazos abiertos como quien le da la bienvenida a un viejo amigo.

Lysandros esbozó una de sus sonrisas de compromiso y saludó al hijo de Homer Lukas. Nikator le presentó a su acompañante, Debra Farley, y él fingió estar profundamente impresionado.

Juegos de poder e hipocresía... Un momento después, tras cumplir con las exigencias de la cortesía, la pareja siguió adelante y Lysandros respiró aliviado.

De repente oyó un pequeño suspiro risueño a sus espaldas y entonces se dio la vuelta. Era la joven de pelo rubio otra vez, riéndose de él como si acabara de representar un papel cómico sólo para ella. Una tensión violenta se apoderó de él; una extraña combinación de dolor y placer que lo tenía en un puño. Era como si el mundo hubiera girado trescientos sesenta grados a su alrededor en un abrir y cerrar de ojos; como si ya nada pudiera volver a ser igual...

Capítulo 2

MUY CONVINCENTE –dijo Petra–. Deberían darte un Oscar.

Le había hablado en griego y él le contestó en la misma lengua.

–No fui tan convincente si me ha descubierto.

–Oh, es que yo desconfío de la gente automáticamente –le dijo ella en un tono bromista–. Me ahorra mucho tiempo.

Él esbozó una sonrisa cortés.

–Muy lista. Entonces está acostumbrada a este tipo de evento, ¿no? ¿Trabaja para Homer? –señaló la cámara que llevaba en las manos.

–No. Lo conozco desde hace poco.

–¿Y qué opina de él?

–Nunca he visto a un hombre tan enamorado –ella sacudió la cabeza, como si la idea le resultara incomprensible.

–Sí. Es una pena.

–¿Qué quiere decir?

–No pensará que la novia está enamorada de él, ¿no? Para ella él no es más que un florero, un extra más que complementa a todos los diamantes que le habrá regalado. Ya ha pasado el mejor momento de su carrera, así que le necesita como adorno, para exhibirlo como si se tratara de una figurita sobre la repisa del hogar. Casi siento pena por él, y eso que nunca creí que llegaría a decir algo así.

–Pero entonces eso significa que por fin alguien ha

conseguido bajarlo de ese pedestal sobre el que estaba. Debería estarle agradecido. Piense en lo fácil que será derrotarle en el futuro, y todo gracias a ella –Petra lo miraba con la cabeza ladeada y una mirada divertida, como si él fuera una pieza de museo de lo más interesante.

–Creo que no la necesitaré para derrotarle en el futuro. Ya me las arreglaré yo solito.

–Bueno, a lo mejor no debería estar tan seguro –dijo ella, fingiendo considerarlo muy en serio–. ¿No ha visto cómo las bodas sacan lo peor de la gente? Estoy segura de que normalmente usted no es tan cínico y prepotente como lo está siendo en este momento?

Lysandros la miró fijamente. Sin duda aquello había sido una gran impertinencia. Sin embargo, en lugar de sentenciarla con uno de sus argumentos contundentes, sintió ganas de seguir con la batalla verbal.

–Desde luego que no. Normalmente soy mucho peor.

–Imposible.

–Todo el mundo que me conozca podrá decirle que hoy están disfrutando de mi lado más amable y simpático.

–No me lo creo. Algo me dice que es usted mucho más sensible en el fondo. La gente llora sobre su hombro, los niños acuden a usted en busca de consuelo, y los que tienen problemas buscan su ayuda.

–Nunca he hecho nada para merecerlo –le aseguró él con vehemencia.

La multitud se movía alrededor de ellos, obligándoles a echarse a un lado.

–Me sorprende que Homer se haya decantado por un Partenón de imitación –le dijo él cuando salieron del templo.

–Oh, quería el original, pero, aquí entre nosotros dos... –ella bajó la voz–. Pensó que no estaba a la altura de sus exigencias y quiso hacer uno mejor. Así que construyó éste para demostrarles cómo se podía haber hecho mejor.

Antes de que pudiera evitarlo, Lysandros soltó una carcajada. Varios de los invitados se volvieron hacia él, sorprendidos. Un periodista de sociedad se quedó mirándolo con ojos de sorpresa y tomó unas notas.

Petra también se rió. Él la condujo hasta donde servían las bebidas y le ofreció una copa de champán. Las mesas del festín de bodas estaban en el exterior. Los invitados estaban tomando sus asientos, preparándose para recibir a la pareja de recién casados.

–Volveré pronto –dijo ella.

–No tarde mucho. Todavía no me ha dicho su nombre.

Ella miró atrás y esbozó una sonrisa curiosa.

–No. No se lo he dicho, ¿verdad? A lo mejor pensé que no era necesario. Le veo después –levantó la copa de champán rápidamente y se marchó.

–Eres un demonio astuto –dijo una voz a sus espaldas.

Lysandros se dio la vuelta y enseguida reconoció a uno de sus viejos aliados.

–Giorgios –exclamó–. Debería haber sabido que tú nunca faltas cuando hay buena comida.

–Buena comida, buen vino, mujeres hermosas. Bueno, estoy seguro de que tú también te has dado cuenta –miró hacia la joven que se alejaba de ellos.

–Es encantadora –dijo Lysandros en un tono prudente.

–Oh, no te preocupes. Ni se me pasaría por la cabeza. Jamás aspiraría a la hija de Estelle Radnor.

Lysandros se puso tenso de inmediato.

–¿Qué?

–No te culpo por quererla toda para ti. Es un bombón.

–¿Has dicho «la hija de Estelle Radnor»?

–¿No te ha dicho quién es?

–No. No me lo dijo.

Se movió hacia Petra, sorprendido. ¿Cómo había caído en la trampa tan fácilmente? Sus comentarios sobre la madre lo dejaban en desventaja, y eso era algo que no iba a tolerar. Ella podía haberle dicho quién era, pero no lo había hecho, lo cual significaba que se estaba riendo de él. Los rasgos de Lysandros se endurecieron de inmediato.

Era demasiado tarde para alcanzarla. Ya había llegado a la plataforma donde estaba situada la mesa de los novios. Un camarero lo acompañó a su sitio, que también estaba en la mesa principal, pero situado en una esquina, algo alejado de ella. Podía verla perfectamente, pero no estaba lo bastante cerca como para hablar. Ella estaba enfrascada en una animada conversación con su compañero de mesa, riendo y echando atrás la cabeza con entusiasmo, desprendiendo alegría a su alrededor. Aunque con cierta reticencia, Lysandros no tuvo más remedio que admitir que era una joven encantadora, pero él no estaba de humor para dejarse encantar.

En un momento dado ella levantó la vista y sus miradas se encontraron. Evidentemente, ella sabía que el pequeño truco había funcionado, y sus ojos lo decían todo.

Lysandros, sin embargo, no se dejó apabullar, y le lanzó una de sus miradas infalibles. Tomarse la revancha sólo era cuestión de tiempo para alguien como él.

De repente se oyeron unas ovaciones desde el extremo más alejado y la gente comenzó a aplaudir. Eran el señor y la señora Lukas, haciendo su entrada triunfal. Él tenía unos sesenta años, el pelo canoso y una constitución fuerte y aparentemente autoritaria. Sin embargo, cuando tomaron asiento en la mesa elevada, se inclinó sobre su recién estrenada esposa y le dio un beso de adoración en la mano. Ella parecía a punto de desmayarse de alegría ante semejante muestra de devoción, o quizá se tratara del diamante de cinco millones de dólares que llevaba en el dedo. La joven que había osado engañar a Lysandros Demetriou se unió a los aplausos y le dio un beso a su madre.

Los invitados se dispusieron a disfrutar de los manjares del convite. ¿Cómo había podido confundirla con una mera empleada? Su actitud desenfadada y distendida debería haberle dicho algo. Los novios habían posado para ella nada más verla acercarse, y también se habían hecho fotos en su compañía.

–Tenemos que hacernos alguna foto juntos –dijo Nikator de repente, situándose al lado de ella–. Hermano y hermana –le oyó gritar Lysandros.

Reivindicando un derecho de hermano le puso el brazo alrededor de la cintura y la atrajo hacia sí. Ella le siguió la corriente, pero Lysandros tuvo tiempo de captar la mirada exasperada que cruzaba su rostro. En cuanto pudo se desembarazó de su hermanastro y se lo endosó a Debra Farley, como una enfermera que trata de librarse de un niño majadero.

Cuando la comitiva empezó a diseminarse, Lysandros aprovechó para acercarse a ella. La joven lo esperaba con un aire juguetón y expectante.

–Supongo que tendré que tener más cuidado la próxima vez –dijo él en un tono serio.

–No ha sido muy prudente que digamos, ¿verdad?

–Supongo que le parecería muy divertido dejarme decir todas esas cosas sobre su madre sin revelar su parentesco.

–Yo no le obligué a decir nada. ¿Qué le pasa? ¿Es que no sabe aceptar una broma?

–No –dijo él con contundencia–. Y no me parece nada divertido.

Ella frunció el ceño, como si acabara de encontrarse con una especie de extraterrestre.

–¿Hay algo que le parezca divertido alguna vez?

–No. Las cosas son más sencillas y seguras de esa forma –dijo él.

El buen humor de Petra se desvaneció.

–Pobre.

Lysandros se quedó desconcertado. Parecía que lo decía de todo corazón...

Nadie había vuelto a demostrarle compasión desde aquella vez, tanto tiempo antes... mucho tiempo antes.

De repente la llama de la sospecha se encendió en un rincón de su mente, aunque sus pensamientos miraran hacia otro lado.

–Si cree que he insultado a su madre, le pido disculpas –le dijo en un tono seco.

–En realidad, es a mí a quien ha insultado.

–No veo cómo.

Ella lo miró a los ojos con una expresión contradictoria, llena de incredulidad, indignación y, sobre todo, buen humor.

–Es cierto que no lo ve, ¿verdad? –le preguntó–. Todo este tiempo y todavía no se ha... De verdad que no se ha dado cuenta... Bueno, debo decirle que cuando ve a una señorita por segunda vez, lo más cortés es acordarse de la primera vez.

–¿Segunda vez? ¿Alguna vez...? ¿Nos hemos...?

De repente una llamarada de recuerdos iluminó su mente y entonces lo supo.

–Eras tú –dijo lentamente–. En el tejado, en Las Vegas...

–Vaya, ya veo que lo recuerdas perfectamente.

–Pero, estabas muy distinta. Eres otra persona.

–Espero que no, después de todo este tiempo. Soy la misma en algunas cosas, y en otras no. Tú también estás muy distinto, pero es más fácil identificarte. Quería que me reconocieras, pero no lo hiciste –suspiró en un estilo dramático y teatral–. ¡Oh! ¡Estoy desolada!

–Te daba lo mismo que te reconociera o que no –dijo él sin ganas de bromas.

–Bueno, a lo mejor.

La orquesta se estaba colocando en su sitio y la pista de baile estaba siendo despejada, así que tuvieron que desplazarse un poco a un lado. Lysandros se sentía como si acabara de entrar en un mundo extraño y desconocido donde nada era lo que parecía. Ella había salido del pasado, interponiéndose en su camino y desafiándolo con viejos recuerdos y temores.

–Todavía no puedo creerme que seas tú. Tienes el pelo distinto. Entonces lo tenías muy corto.

–Era más práctico. Estaba rodeada de rutilantes estrellas, así que tenía que desempeñar mi papel de adolescente rebelde.

–¿Eso era todo lo que hacías?

–Verás... El típico adolescente siempre pasa por una época de locura, bebe todo lo que puede, llega tarde a casa, tiene muchos ligues... Pero todo el mundo a mi alrededor hacía justamente eso, así que no tenía mucho atractivo para mí. Yo tenía que hacer todo lo contrario y por eso me corté el pelo, me compré ropa barata, fui una estudiante modelo y siempre me acosté pronto. ¡Vaya! Sí que era una chica ejemplar. Aburrida, pero ejemplar.

–¿Y qué pasó?

Ella se rió a carcajadas.

–Mi madre empezó a preocuparse por mi extraño comportamiento y le llevó un tiempo hacerse a la idea de que iba directa hacia la vida académica.

–¿Y en qué te especializaste?

–Me especialicé en Historia Antigua, Grecia. Escribo libros, doy conferencias, y en realidad no sé tanto como aparento –dijo en un tono de broma.

–Como la mayoría –dijo Lysandros, sin poder resistirse.

–Como la mayoría.

–¿Y tu madre terminó aceptándolo?

–Oh, sí. Ahora le impresiona mucho. Asistió a una de mis conferencias y me dijo: «Cariño, eso ha sido increíble. ¡No he entendido ni una palabra!». Y al final fui yo quien le presentó a Homer –miró a su alrededor–. Así que puedes echarme la culpa por todo esto.

Era la hora del baile. Estelle y Homer salieron a la pista y danzaron hasta complacer a todos los fotógrafos.

–¿No vas a hacer fotos?

–No. Yo sólo hago las fotos de familia. Lo que están haciendo ahora es puro espectáculo.

Nikator la saludó con la mano al pasar por su lado mientras bailaba con Debra.

Petra suspiró.

–Tiene treinta y tantos, pero en el fondo no es más que un chiquillo. No quiero ni imaginarme qué pasará cuando se haga cargo de la... –se detuvo de repente y se tapó la boca–. No he dicho nada.

–No te preocupes. No has dicho nada que no sepa todo el mundo. Ya veo que aprendes muy rápido –añadió en un tono sarcástico que no dejaba lugar a dudas.

Los dos grandes clanes que controlaban el negocio de los astilleros de Grecia solían recurrir a medios poco honrados para sacar ventaja, y eso a veces incluía un poco de espionaje; tanto así que cualquier comentario casual podía convertirse en un arma de doble filo.

El baile terminó y otro comenzó. Debra se fue detrás de un poderoso productor y Nikator echó a andar en dirección a Petra.

–¡Oh, por favor, baila conmigo! –exclamó Petra de repente, tirando del brazo de Lysandros y arrastrándolo a la pista.

–¿Qué estás...? –antes de terminar la frase se encontró bailando con ella.

–Sí, ya lo sé. Los convencionalismos de la alta sociedad dictan que tengo que esperar a que tú me lo pidas, pero esto no es la alta sociedad. Para mí es la alta suciedad –añadió en un tono irónico.

Lysandros se sorprendió. Ni siquiera él mismo hubiera podido expresarlo mejor.

–A lo mejor tus temores eran infundados. Como eres una chica tan aburrida y ejemplar, no creo que fuera a pedirte que bailaras con él.

–Es que Nikator tiene unos gustos muy raros –dijo ella rápidamente.

Ella se deslizaba como el mercurio entre sus brazos, moviéndose y volviéndose contra su cuerpo, siguiendo la cadencia y llevándole con soltura, en perfecta sincronía. Lysandros se sentía tentado de agarrarla con fuerza, atraerla hacia sí y dejar que pasara cualquier cosa.

Pero no. No en ese momento. Aún no.

Ella sabía que lo estaba pensando, y un escalofrío le heló la sangre.

–¿No te gusta bailar? –le preguntó un momento después.

–Esto no es bailar. Esto es revolcarse en la alta suciedad –dijo él.

–Cierto, pero hemos hecho enojar a Nikator, y eso ya es algo.

Tenía razón. Nikator los observaba con el gesto enfurruñado, como un niño al que le han arrebatado un juguete.

De repente Lysandros se olvidó de todo. Su rostro estaba muy cerca y la sonrisa que iluminaba los labios de ella lo atravesaba de lado a lado.

–¿Qué haces después?

–Me quedaré aquí unos cuantos días, o semanas. Así aprovechó para hacer un poco de investigación. Homer tiene muy buenos contactos. Hay una cripta en un museo que nunca ha sido abierta para nadie, pero él va a hablar con unas personas.

Lysandros bajó la vista y contempló aquel cuerpo sensual que se movía en sus brazos, aquel rostro encantador que sonreía de forma natural, los ojos azules, profundos y misteriosos... ¿Qué hacía una mujer tan despierta y viva investigando sobre los muertos? Ella era un ser de luz, no de la oscuridad de las tumbas. Sus manos no estaban hechas para hojear viejos libros polvorientos, sino para acariciar el rostro de un hombre mientras él disfrutaba de su exquisita desnudez.

—¿Para ti es una suerte eso de poder visitar museos?

—Voy a tener la oportunidad de ver cosas con las que muchos estudiosos sólo pueden soñar, así que es todo un privilegio.

—¿Y no hay nada más que te guste hacer?

—¿Te preguntas por qué una mujer se preocupa por esas cosas? Las mujeres están hechas para el placer. Los asuntos importantes son para los hombres.

Lysandros titubeó un instante. Ella casi había dado en el clavo.

—No quería decirlo así. Pero si la vida te ofrece tantos caminos posibles...

—¿Como Nikator? Sí. Podría arrojarme a sus brazos, o a cualquier otra parte de su anatomía —le dijo con mordacidad.

—Lo siento —se apresuró a decir él, soltándola un poco.

—¿Dónde estaba? Ah, sí, en lo de los caminos.

—Olvídate de Nikator —dijo él en un tono impaciente—. Ése no es un camino, sino un callejón sin salida.

—Sí, de eso ya me he dado cuenta. Ya no tengo quince años. Según he leído en mi carné de identidad, tengo treinta dos años.

—Si estás buscando un cumplido, elegiste al hombre equivocado.

—Oh, por supuesto. Yo nunca me acercaría a ti buscando atenciones o alabanzas, pero sí que hay algo que... –titubeó un poco, como si estuviera tratando de encontrar las palabras adecuadas–. Sí hay algo que ningún hombre podría darme excepto tú –susurró al final.

–¿Y qué es? –Lysandros no quería preguntar, pero la tentación fue más fuerte.

–Un buen consejo financiero –declaró ella–. ¡Ajá! Ahí está. Lo conseguí.

–¿Qué?

–Te he hecho reír.

–No me estoy riendo –dijo él, intentando disimular.

–Pues lo estarías si no te esforzaras tanto por disimularlo. Apuesto a que soy capaz de hacerte reír. Por favor, sé bueno por una vez y déjame disfrutar de mi pequeña victoria.

–Yo nunca soy bueno, pero esta vez te dejaré salirte con la tuya.

–¿Sólo esta vez? –preguntó ella, levantando las cejas.

–Normalmente prefiero ser yo quien salga victorioso.

–Podría tomarme eso como un desafío.

–Los desafíos... ¿Se te dan bien? –le preguntó él un momento después.

–Oh, sí. Siempre me salgo con la mía.

–Igual que yo... Presiento que se avecina una gran batalla.

–Cierto –dijo ella–. Estoy temblando con sólo mirarte.

Él guardó silencio y una sonrisa se dibujó en sus labios lentamente.

Petra tenía la extraña sensación de que todas las mujeres presentes en la sala la estaban mirando. Le habían dicho que la mayoría de ellas había pasado por la cama de Lysandros y, de repente, supo que era verdad. Todas aquellas féminas despechadas le clavaban los ojos como dardos envenenados; ojos inyectados en sangre, llenos de recuerdos, calientes, dulces, gloriosos, amargos... Había una mujer en particular cuya mirada indiscreta y celosa llamó poderosamente la atención de Petra. Aquella criatura petulante enfundada en un extravagante vestido trataba de fulminarla con los ojos. ¿La última conquista de Lysandros Demetriou? Quizá... Aquellos ojos eran iguales que los de las demás. Sin embargo, en ellos palpitaba un profundo resentimiento, un instinto asesino...

De pronto Lysandros la hizo girar mientras bailaban, más y más rápido, haciéndola olvidar todo lo que la rodeaba. El mundo se había desvanecido a su alrededor. Ya nada importaba.

¿Acaso acabaría en los brazos de él, presa de una pasión febril? ¿Acaso iba a terminar como todas las otras, sufriendo en la distancia? No. Algo le decía que el camino que iban a recorrer juntos tendría muchas curvas y recovecos.

En ese momento fueron interrumpidos por unos gritos provenientes de muy cerca. Todos los invitados dejaron de bailar y se hicieron a un lado, revelando a la feliz pareja de recién casados, entregados a un abrazo de amor. Tal y como se esperaba de unos personajes tan glamurosos, el beso se prolongó hasta que la multitud rompió a aplaudir, y entonces, poco a poco, todas las parejas comenzaron a abrazarse y a besarse, imitando a los homenajeados.

Lysandros se quedó inmóvil, contemplando la escena. Todavía la sujetaba de la cintura y la agarraba de la mano, a un centímetro de distancia. Sólo tenía que dar un paso y cubrir aquellos labios con los suyos propios.

Ella levantó la vista. Sus pupilas vibraban con los latidos de su corazón.

–¡Vaya espectáculo! –exclamó él, mirando a su alrededor y hablando en un tono de desaprobación–. No voy a ofenderte siguiéndoles la corriente –la soltó y retrocedió, sin darle opción alguna excepto hacer lo mismo.

–Gracias –dijo ella en un tono formal–. Es un placer conocer a un hombre con sentido del decoro –le dijo, tratando de reprimir las ganas de darle un puñetazo.

–Me temo que tengo que marcharme. He descuidado mis negocios durante demasiado tiempo. Ha sido un placer volver a verte de nuevo.

–Lo mismo digo –dijo ella en un tono seco.

Él inclinó con cortesía y un segundo después ya se había marchado.

Estupefacta, Petra le vio marchar, incapaz de creerse lo que acababa de ocurrir. Lysandros Demetriou era un hombre con una voluntad de hierro y un corazón de acero. La había dejado allí y se había marchado sin más, sin mirar atrás ni una sola vez.

–No te preocupes. Hay que tener paciencia.

Petra levantó la vista y se encontró con la mujer en la que se había fijado mientras bailaban. La había visto llegar a la fiesta acompañada de uno de los hombres más ricos y poderosos de la ciudad.

–No he podido evitar observarte mientras bailabas... con Lysandros –le espetó, mirándola con una mezcla de desprecio y pena–. Él es así, ¿sabes? Se acerca mucho y entonces se retira, para pensárselo un poco. Cuando decida que encajas en su apretada agenda de compromisos, volverá para conseguir su satisfacción, según y cuándo le convenga.

–Si yo estoy de acuerdo –dijo Petra.

La mujer soltó una risotada fría y escalofriante.

–No seas ridícula. Claro que estarás de acuerdo. Lo llevas escrito en la frente. Si regresara en este preciso instante, estarías más que dispuesta.

–Veo que sabe muy bien de qué está hablando.

–Oh, claro que lo sé. Ya he estado ahí. Sé lo que te está pasando por la cabeza en este momento, porque también ha pasado por la mía. ¿Quién se cree que es? ¿Acaso piensa que, si vuelve a entrar por esa puerta, caeré rendida a sus pies? Bla, bla, bla... Pero entonces te mira, como si fueras la única mujer en el mundo, y al final caes rendida a sus pies, como no podía ser de otra manera. Y será maravilloso, durante un tiempo. Estar en sus brazos, en su cama... Descubres un universo con el que jamás soñaste... Pero un día te despiertas y te das cuenta de que tienes los pies sobre la tierra. Sientes mucho frío porque él se ha ido. Ha terminado contigo. Ya no existes para él. Entonces llorarás y sufrirás, negando la realidad, pero él no contestará a tus llamadas, así que al final acabarás creyéndotelo. No queda más remedio –dio media vuelta y echó a andar, pero entonces se detuvo–. Crees que eres diferente, pero con él ninguna mujer es diferente. Adiós.

Capítulo 3

LA FIESTA se extendió hasta la noche. Las luces del falso Partenón se encendieron y la música ascendió hasta el cielo. Los magnates hacían negocios y cerraban suculentos tratos. Petra acompañó a Estelle al interior de la casa para ayudarla a cambiarse de ropa.

Iban a pasar la luna de miel a bordo del *Silver Lady*, el yate de Homer, que en ese momento los esperaba en el puerto de Piraeus, a unos ocho kilómetros de distancia. Para allí habían salido ya dos coches cargados de equipaje y personal de servicio, y sólo quedaba la limusina para transportar a los recién casados.

–¿Te encuentras bien? –le preguntó Estelle, mirando a la cara a su hija.

–Claro –dijo Petra, fingiendo alegría.

–Parecías preocupada por algo.

En realidad sí que estaba preocupada. Las palabras de aquella extraña retumbaban en su cabeza.

«Cuando decida que encajas en su apretada agenda de compromisos, volverá para conseguir su satisfacción, según y cuando le convenga», le había dicho.

Pero eso no iba a pasar. Si llegaba a regresar esa noche, ella ya se habría marchado.

–¿Te importa si os acompaño al puerto? –le preguntó a su madre de repente.

–Cariño, me encantaría. Pero yo pensaba que ibas a salir por ahí toda la noche.

–No creo. No tengo ganas.

En el coche, de camino al puerto, bebieron champán y cuando subieron al yate, Homer les dio un paseo por aquel magnífico barco, lleno de orgullo.

–Ahora tenemos que casarte a ti –le dijo con entusiasmo.

–No. Gracias –dijo Petra apresuradamente–. Mi única experiencia en ese sentido no me dejó muy buen sabor de boca.

Antes de que Homer pudiera contestar, el teléfono de ella comenzó a sonar.

–Me temo que mi comportamiento de esta noche dejó mucho que desear –dijo una voz masculina–. A lo mejor puedo recompensarte invitándote a cenar.

Por un momento Petra se quedó en blanco. Habían ensayado muy bien el discurso, pero las palabras no salían de su boca.

–No sé si...

–Mi coche está esperando delante de la casa.

–Pero yo no estoy allí. Estoy en Piraeus.

–No te llevará mucho tiempo volver. Te estaré esperando.

Colgó.

–¡Vaya! –exclamó ella, sin poder contenerse–. Simplemente da por sentado que haré lo que él quiera –al ver que todos la miraban con el ceño fruncido, les explicó algo más–. Lysandros Demetriou. Quiere invitarme a cenar, y no me ha dejado decirle que no.

–Típico de él –dijo Homer–. Cuando quiere algo, va directo al grano.

–Pero ésa no es forma de tratar a una señorita –dijo Estelle, indignada.

Él sonrió y la besó.

–Parece que a ti no te importó demasiado –le dijo Homer a su esposa.

Al bajar del yate, Petra reparó en un detalle.

–¿Y cómo ha conseguido mi número de teléfono? Yo no se lo di.

–Probablemente le haya pagado a alguien del servicio –dijo Homer, como si fuera lo más normal del mundo–. Adiós, querida.

Petra se apresuró a cruzar el muelle flotante y entonces subió al vehículo. Durante el camino de vuelta a Atenas, trató de ordenar sus caóticos pensamientos. Estaba enfadada, pero sobre todo consigo misma. Toda su determinación se había ido al traste con sólo oír aquella voz.

De repente sacó el móvil y marcó el número de Karpos, un buen amigo que tenía en la capital. Karpos solía trabajar como periodista y era una persona en quien se podía confiar.

Cuando oyó de quién se trataba, respiró profundamente.

–Todo el mundo le tiene un miedo tremendo –dijo, hablando atropelladamente–. De hecho, le tienen tanto miedo que ni siquiera se atreven a admitir que le tienen miedo, por si acaso llega a sus oídos.

–Eso es una paranoia –dijo Petra.

–Desde luego, pero ése es el efecto que tiene en la gente. Nadie se atreve a mirar más allá de esa fría coraza de hierro que tiene en lugar de piel. Pero, bueno, no creo que encontraran nada si buscaran. Ese hombre no debe de tener corazón, aunque algunos puedan creer que sí. Las opiniones están un poco divididas en ese sentido.

–¿Pero no hubo alguien, hace mucho tiempo? ¿Alguien de la otra familia?

–Sí. Su nombre era Brigitta, pero yo no te he dicho nada. Murió en unas circunstancias extrañas. Nadie ha podido descubrir la verdad en todos estos años. La prensa dejó el tema después de recibir innumerables amenazas, y es por eso que nadie habla de ello ahora.

–¿Te refieres a amenazar con acciones legales?

–Todo tipo de amenazas –dijo Karpos en un tono

misterioso–. Un tipo empezó a hacer preguntas y, de la noche a la mañana, le llovieron las deudas. Estuvo a punto de arruinarse, pero en el último momento le dijeron que si, se comportaba debidamente, todo podría arreglarse. Por supuesto, el hombre aceptó, y todo volvió a la normalidad de forma milagrosa.

–¿Le ocurrió algo malo después de eso?

–No. Dejó el periodismo y se metió en los negocios. Ahora tiene mucho éxito, pero si mencionas el nombre de Demetriou, sale huyendo como si acabaran de mencionar al mismísimo demonio. Si sabes cualquier cosa, tienes que hacer la vista gorda y fingir que no sabes nada, como lo del apartamento que tiene en Atenas, o la Casa de Príamo, en Corfu.

–¿La Casa de Príamo? –repitió Petra, sorprendida–. He oído algo de eso. Sé que la gente lleva mucho tiempo intentando entrar en ese sótano. Hay algo ahí, pero nadie puede entrar. ¿Me quieres decir qué es de él?

–Eso dicen. Pero no le digas a nadie que estás enterada. De hecho, no le digas a él que has hablado conmigo, por favor.

–Descuida –Petra colgó el teléfono y se quedó allí sentada, con la mirada perdida en el vacío, pensativa.

Sabía que se estaba adentrando en aguas profundas, pero eso nunca la había asustado. Además, tenía un asunto pendiente con Lysandros Demetriou desde hacía más de quince años.

Él le había dicho que la estaría esperando, y así lo hizo. Estaba junto al portón que daba acceso a la propiedad de Homer. En cuanto la limusina se detuvo, le abrió la puerta, la tomó de la mano y la ayudó a salir.

–No tardaré mucho –dijo ella–. Tengo que entrar y...

–No. Estás bien así. Vamos.

–Iba a cambiarme el vestido.

–No tienes por qué. Estás preciosa y lo sabes, así que ¿por qué estamos discutiendo?

Había algo en aquel discurso directo que la afectó sobremanera. Cualquier cumplido pusilánime no hubiera podido tener el mismo efecto. Él no se andaba con rodeos. Decía exactamente lo que pensaba y en ese momento pensaba que ella era preciosa.

Petra sintió crecer una sonrisa en su interior.

–¿Sabes qué? Tienes razón. ¿Por qué estamos discutiendo? –le hizo señas al chófer para que siguiera sin ella y subió en el coche de Lysandros.

Se preguntaba adónde la llevaría y se llevó una gran sorpresa al ver que el vehículo se detenía frente a un pequeño restaurante. Él la condujo a una mesa de la terraza, desde la que se divisaba la costa en la distancia, bañada por la luz de la luna.

–Esto es espectacular –dijo ella–. Es tan agradable y tranquilo después de todo el alboroto de hoy.

–Yo tengo la misma sensación –dijo él–. Normalmente vengo solo.

La comida fue de lo más sencilla; cocina tradicional griega, la favorita de Petra. Mientras él hacía el pedido, tuvo oportunidad de examinarle atentamente, tratando de encontrar algún vestigio de aquel joven atormentado en el tirano que tenía ante sus ojos. ¿Qué le había pasado en aquellos quince años?

–¿Te encuentras bien? –le preguntó él de repente.

–Sí. ¿Por qué lo preguntas?

–Has suspirado de forma violenta, como si te doliera algo.

–No. No me duele nada –se apresuró a decir ella.

Fingió buscar algo en el bolso y cuando volvió a levantar la vista se lo encontró mirándola con ojos de asombro.

–Quince años –dijo él–. Han pasado muchas cosas y los dos hemos cambiado. Sin embargo, a pesar de todo, seguimos siendo los mismos. Te habría reconocido en cualquier lugar.

Ella sonrió.

–Pero no me reconociste.

–Sólo en la superficie. Una parte de mí te conocía. Nunca pensé que volveríamos a vernos y, sin embargo, de alguna forma estaba seguro de que sí ocurriría.

Ella asintió con la cabeza.

–Yo también. Aunque hubieran pasado otros quince años, o cincuenta, yo siempre supe que volveríamos a encontrarnos antes de morir.

Aquellas palabras parecieron llegarle muy adentro. «Volver a encontrarse antes de morir...». Era cierto, completamente cierto. Ella había sido una presencia invisible en su vida desde aquella extraña noche. Pero ¿cómo iba a decírselo? Ella lo había inspirado; le había dado fuerzas para ser sincero, pero eso no era suficiente.

En ese momento llegó la comida. Rodajas de tomate con queso feta. Simple y delicioso.

–Mm –dijo ella.

Él comió muy poco. No dejaba de mirarla insistentemente.

–¿Por qué subiste aquel día? –le preguntó finalmente–. ¿Por qué no te quedaste abajo con el resto de invitados, disfrutando de la fiesta?

–Supongo que soy cínica por naturaleza –ella sonrió–. Mi abuelo solía decirme que mi actitud hacia la vida era de una indiferencia absoluta. Y es cierto. Creo que aquella noche en Las Vegas ya había algo de eso, y ha ido a peor desde entonces. Teniendo en cuenta la casa de locos en la que he vivido siempre, no podía haber sido de otro modo.

–¿Y qué pasa con la casa de locos?

–Me gusta, siempre y cuando no me pidan que me involucre demasiado o que me lo tome demasiado en serio.

–¿Nunca has querido ser actriz?

–¡Por Dios! Claro que no. Ya tenemos que sobra con una lunática excéntrica en la familia.

–¿Sabe tu madre lo que piensas de ella?

–Claro que lo sabe. De hecho, ella fue la primera que lo dijo, y yo no tardé en darle la razón. Es un cielo y yo la adoro, pero vive en el planeta Radnor.

–¿Cuántos años tiene en realidad?

–Gana o pierde años según le conviene. Tenía diecisiete años cuando me tuvo. Mi padre no quería saber nada, así que la abandonó y ella tuvo que arreglárselas sola durante un tiempo. Los que sólo la conocen como la rutilante estrella que es hoy en día deberían haber visto dónde vivíamos por aquel entonces, aquel callejón en el centro de Londres. Y después mis abuelos paternos se pusieron en contacto con nosotros para decirnos que mi padre acababa de morir en un accidente de tráfico. No tenían ni idea de que existíamos hasta que él se lo confesó todo en su lecho de muerte. Eran griegos. La familia era muy importante para ellos y yo era lo único que les quedaba. Por suerte, eran una gente muy agradable y nos llevamos muy bien. Ellos cuidaron de mí mientras Estelle sacaba adelante su carrera. Mi abuelo era un erudito de la lengua. Había ido a Inglaterra para impartir un curso de griego en la universidad. Al principio ni siquiera tuve que ir al colegio porque él pensaba que podía enseñarme mejor. Y tenía razón.

–¿Entonces fuiste tú la que creció con un poco de sentido común?

–Bueno, una de las dos tenía que tenerlo –dijo ella, riendo.

–¿Y cómo sobrellevabas el tema de todos esos padrastros?

–Todos fueron buenos. En su mayoría estaban enfermos de amor y eran un poco tontos, así que a mí me costaba mucho no reírme de ellos.

–¿Y el de Las Vegas?

–Veamos... Era el... No. Ése era el otro... ¿O era ése? Oh, no importa. Todos eran iguales. Creo que era un aspirante a actor que pensaba que Estelle podría darle un empujón. Cuando ella se dio cuenta de cuáles eran sus verdaderas intenciones, le echó a la calle. Para entonces ya estaba enamorada de otra persona.

–Parece que nada de eso te afectó en absoluto. ¿Te da igual todo eso del amor eterno?

–¿Amor eterno? –ella fingió considerarlo un momento–. ¿Como cuando alguien trata de llevarse todo tu dinero, o cuando el tipo organiza un lío porque ella tiene que grabar una escena de amor, o cuando...?

–Muy bien –dijo él, interrumpiéndola–. He captado el mensaje. Ya veo que el sexo masculino no te impresiona mucho.

–¿Cómo lo ha adivinado?

–¿Y qué me dices de ti? ¿No ha habido ninguno lo bastante valiente como para esquivar los cohetes que les lanzas?

Ella hizo una mueca.

–Claro que sí. Si no hacen eso, no me fijo en ellos.

–Entonces ése es el primer requisito, ¿no? Ser valiente.

–Entre otras cosas. Pero eso también está un poco sobrevalorado. El hombre con el que me casé era un deportista profesional; un esquiador que podía dar los saltos más impresionantes. El problema fue que eso era todo lo que sabía hacer, así que al final resultó igual de aburrido.

–¿Estás casada?

–Ya no –dijo ella, en un tono de alivio que lo hizo reír.

–¿Qué pasó? ¿Fue poco después de nuestro breve encuentro?

–No. Fue a la universidad y estudié muy duro. Era la misma facultad donde mi abuelo había ejercido como profesor, y a la gente no le importaba que yo fuera hija

48

de una gran estrella del celuloide. Sin embargo, sí se asombraban cuando mencionaba el nombre de mi abuelo. Estudié griego, aprendí historia, aprobé los exámenes... Íbamos a viajar a Grecia los dos juntos para hacer nuestras investigaciones, pero entonces los dos murieron. Ya no es lo mismo sin él. Quería que estuviera orgulloso de mí, pero no pudo ser.

Vaciló un momento y una sombra cruzó sus pupilas.

–¿Qué pasa? –le preguntó él, inclinándose adelante.

–Oh, nada.

–Dímelo –dijo él, en un tono sutil.

–Es que estoy recordando lo mucho que los quería, y lo mucho que ellos me querían a mí. Me necesitaban, porque yo era lo único que les quedaba tras la muerte de su hijo. Estelle también les caía bien, pero ella no era parte de ellos, como yo.

–¿Y tu madre no sentía celos?

Petra sacudió la cabeza.

–Ella es muy buena madre, a su manera, pero nunca he sido tan importante para ella como lo era para mis abuelos.

–Qué triste –dijo él.

–No. Siempre y cuando tengas a alguien que te necesite, puedes lidiar con los que no.

–Pero tus abuelos murieron –dijo Lysandros–. ¿A quién tienes ahora?

Petra ahuyentó la tristeza.

–¿Estás de broma? Mi vida está llena de gente. Es como vivir en una colmena.

–¿Incluyendo a los maridos de tu madre?

–Bueno, no se molestó en casarse con todos. Decía que no tenía tiempo suficiente.

–¿Algún novio?

–Alguno. Pero la mayoría trataba de acercarse a mi madre, así que fueron un duro golpe para mi autoestima. Muy pronto aprendí a guardarme mis sentimientos para mí hasta saber muy bien lo que sentía –se rió suavemente–. Y empecé a tener fama de ser una mojigata.

Aquello no podía haber sido más absurdo para Lysandros. Una mojigata no hablaba con tanta pasión, ni tampoco miraba con aquel resplandor en las pupilas.

–Y fue entonces cuando conocí a Derek –dijo ella–. Estelle estaba rodando una película que tenía que ver con los deportes de invierno. Él era uno de los asesores expertos. Era tan guapo que me volví loca por él. Pensé que por fin lo había encontrado. Fuimos felices durante un par de años, pero entonces... –se encogió de hombros–. Creo que se aburrió de mí.

–¿Se aburrió de ti? –le preguntó él con énfasis.

Ella soltó una carcajada como si la traición de su esposo hubiera sido lo más gracioso que le había ocurrido en toda su vida; una estrategia defensiva que a Lysandros le resultaba muy, muy familiar.

–Creo que nunca estuvo interesado en mí –dijo ella, prosiguiendo–. Necesitaba dinero y pensó que la hija de Estelle Radnor tendría un montón. En cualquier caso, empezó a tener aventuras por ahí, yo perdí los nervios y creo que eso lo asustó un poco.

–¿Tú? ¿Perder los nervios?

–La mayoría de la gente cree que eso es imposible porque sólo ocurre una vez cada mucho tiempo. Sin embargo, de vez en cuando también dejo escapar a la fierecilla que llevo dentro. De todos modos, normalmente intento no hacerlo porque, ¿qué sentido tiene? Sin embargo, a veces no hay más remedio, y a veces acabo diciendo cosas que no siento. Bueno, eso fue hace cinco años. Es agua pasada. ¿Por qué sonríes?

–No sé por qué sonreía –le confesó él con sinceridad.

–Parecía que te reías de una broma o algo así. Vamos. Dímelo.

«Una broma...», pensó Lysandros. Si el comité de dirección de su empresa, los empleados y el director del banco la hubieran oído hablar, hubieran creído que estaba loca.

Sin embargo, la sonrisa seguía ahí, cada vez más grande y espontánea.

—Dímelo —dijo ella, insistiendo—. ¿Qué he dicho que fuera tan gracioso?

—No es... Es la forma en que has dicho «es agua pasada», como si no quisieras volver a saber nada de los hombres durante mucho tiempo.

—O durante toda la vida. Es lo mejor para ellos.

—¿Mejor para ellos o mejor para ti?

—Definitivamente para mí. Los hombres ya no existen para mí en ese sentido. Todo mi mundo es este país, mi trabajo, mis investigaciones...

—Pero en la antigua Grecia también había miembros del sexo masculino, siento tener que decirte.

—Sí, pero puedo permitirme ser un poco más tolerante con ésos. Gracias a ellos pude empezar con mi carrera. Escribí un libro sobre dos héroes griegos justo antes de terminar la universidad y conseguí que me lo publicaran. Más tarde me pidieron que lo adaptara para hacer una versión infantil, para los colegios. Los derechos me han rendido unos buenos beneficios, así que no me puedo quejar de esos maravillosos y legendarios hombres griegos.

—Sobre todo porque están bien muertos y enterrados.

—Ya veo que empiezas a captar la idea.

—Comamos —dijo él rápidamente.

El camarero les sirvió un plato de pollo y pastel de cebolla, acompañado de un vino espumoso. Mientras la observaba comer, Lysandros se preguntó si hablaba en serio. De haberse tratado de cualquier otra, hubiera dicho que se trataba de una farsa, una estratagema para engañar al mundo sin negarse el placer de una vida sexual plena. Sin embargo, aquella mujer era distinta. Vivía en un universo propio; uno totalmente desconocido para alguien como él.

–¿Entonces cómo es que sabías tanto aquella noche en Las Vegas? –le preguntó al final–. Me sorprendiste mucho, dándome toda aquella charla sobre Aquiles.

Ella se rió tristemente.

–Charla... La gente se cansa muy pronto. Debo de ser muy pesada y no puedo culparles por ello. Recuerdo que te enfadaste un poco.

–La idea de ser sorprendido en un momento de debilidad no me fascinaba, pero entonces sólo tenía veintitrés años. Y además...

–Y además eras muy infeliz, ¿verdad? –preguntó Petra–. ¿Por culpa de ella?

Él se encogió de hombros.

–No lo recuerdo.

La joven lo miró con ojos escépticos.

–Ella te hizo confiar y después te traicionó. Una cosa así no se olvida.

Él guardó silencio y Petra dejó pasar el asunto.

–Entonces tu abuelo enseñaba griego –dijo él por fin, claramente decidido a cambiar de tema.

–Yo me siento igual de griega que inglesa. Y se lo debo a él.

–¿Así es como llegaste a conocer la historia de Aquiles? Pensaba que lo habías estudiado en el colegio.

–Fue mucho más que eso. Mi primer contacto con la historia de la antigua Grecia fue a través de los clásicos, *La Ilíada*. El héroe de la guerra de Troya... Helen, la mujer más hermosa del mundo, y todos esos hombres luchando por ella. En la realidad no sería tan bonito, claro, pero a mí me pareció tan romántico. Está casada con Menelao, pero se enamora de Paris, y éste se la lleva a Troya. Pero Menelao no se rinde, así que reúne a todas sus tropas para sitiar la ciudad de Troya durante diez años, para traerla de vuelta. Y allí estaban todos esos héroes griegos tan apuestos, en especial Aquiles... –le dijo, esbozando una sonrisa de falsa inocencia–. ¿Cómo es que el favorito de tu madre era Aquiles?

–Ella es de Corfu, donde, como ya debes de saber, este personaje ha dejado un legado cultural muy importante. Mi abuela solía llevarla al Palacio de Achillion, aunque más bien lo hacía porque estaba fascinada con Sisi.

Petra asintió. Sisi era Isabel de Bavaria, una heroína romántica del siglo XIX, famosa por ser la mujer más hermosa de su época. Su belleza había hecho enloquecer de amor a Franz Joseph, el joven emperador de Austria, hasta el punto de casarse con ella cuando sólo tenía dieciséis años de edad.

Sin embargo, el matrimonio fracasó. Sisi terminó vagando por el mundo, sola y desencantada, y finalmente compró un palacio en la isla de Corfu. La gran tragedia de su vida fue la muerte de su hijo Rudolph, que se suicidó junto a su amada. Un año más tarde, Sisi comenzó a transformar el palacio y lo convirtió en un templo homenaje al más famoso de los guerreros, Aquiles. Sin embargo, no llegó a terminar su obra porque murió a manos de un asesino. El palacio fue vendido y convertido en un museo dedicado a la figura de Aquiles.

–El más valiente y apuesto de todos. Sin embargo, guardaba un pequeño secreto, una debilidad... –dijo Petra, pensativa.

Contaba la leyenda que Tetis, la madre de Aquiles, había intentado proteger a su hijo sumergiéndolo en el río Éstige, que corría entre el mundo y el inframundo. Allí donde las aguas de aquel torrente infernal tocaran a un hombre, lo harían inmortal. Sin embargo, su madre lo había sujetado por el talón, impidiendo que las aguas lo inmortalizaran por completo. El talón de Aquiles... De entre todas las estatuas que adornaban el palacio, la más llamativa era aquélla que lo mostraba en el suelo, intentando sacarse del talón la flecha que le robaba la vida.

—Al final fue eso lo que le mató —dijo Lysandros—. Después de todo parece que su debilidad no estaba tan bien escondida. Su asesino sabía dónde tenía que apuntar, y también sabía que tenía que mojar la punta en veneno para que fuera letal.

—Así es. A veces no estamos tan seguros como nos creemos.

—Por eso mi padre decía que no hay que dejar que adivinen nuestros pensamientos. Ésa es la verdadera debilidad.

—Pero eso no es cierto —dijo ella—. A veces eres más fuerte porque otras personas te entienden.

—No estoy de acuerdo —dijo él en un tono más seco—. Un hombre sabio no le confía a nadie sus pensamientos.

—¿Ni siquiera a mí?

Petra se dio cuenta de que su pregunta lo había dejado desconcertado, pero aquellos muros tras los que se escondía eran demasiado robustos como para venirse abajo tan fácilmente.

—Si hubiera alguien en quien me sintiera inclinado a confiar, creo que serías tú, por lo que ocurrió en el pasado. Pero yo soy lo que soy —esbozó una sonrisa irónica—. Ni siquiera tú puedes cambiarme.

Ella lo miró con suavidad y entonces se atrevió a tocarle la mano.

—Cuanto más confías en alguien, peor es cuando te traicionan, ¿no?

—¿Yo dije eso? —preguntó él, sorprendido.

—Algo así. En Las Vegas. Y estuviste a punto de decir mucho más.

—Esa noche estaba de muy mal humor. No sé lo que dije.

Un gran silencio se apoderó de él. Con la mirada perdida, examinaba el cristal de la copa...

Capítulo 4

L O SIENTO –dijo Lysandros finalmente–. Éste
soy yo. Esto es lo que soy.

–Nunca dejas entrar a nadie, ¿verdad?

Él sacudió la cabeza con un aire tajante.

–Pero te diré una cosa. Puede que sólo sea una coin-
cidencia, pero es extraño. Después de acompañarte a tu
habitación, volví a las mesas de juego y de repente empecé a ganar. Recuperé todo lo que había perdido. Era
como si no pudiera perder, y de alguna manera todo tenía que ver contigo, como si me hubieras convertido en
un ganador. ¿Por qué sonríes?

–Tú, supersticioso. Si hubiera sido yo quien lo hubiera dicho, habrías hecho algún comentario machista
y despectivo acerca de la imaginación febril de las mujeres.

–Sí, probablemente sí. Pero a lo mejor tú ejerces una
magia más poderosa.

–¿Magia?

–No me digas que has estudiado la mitología griega,
pero que no sabes nada de la magia.

–No, claro que no. La magia se encuentra en los lugares más inesperados, y lo más difícil es saberla distinguir de las ilusiones.

Las últimas palabras las dijo tan suavemente que él
apenas la oyó. Sin embargo, el tono de su voz fue suficiente para desatar una extraña sensación en la que se
mezclaban el placer, el dolor y la inquietud.

–Ilusiones... Lo más peligroso del mundo.

–O lo más valioso –dijo ella rápidamente–. Todas las grandes ideas nacen así. Seguramente algún antepasado tuyo se levantó un día y pensó que podía construir un barco. Y lo construyó, y después otro, y aquí estás tú.

–Eres una mujer muy inteligente –sonrió–. Puedes darle la vuelta a todo con sólo mirarlo de otra forma. Tu perspectiva ilumina las cosas, las transforma de manera que ya no queda lugar para la duda o la sospecha.

–A veces es bueno disipar las dudas y las sospechas –señaló ella–. La gente empieza a sospechar demasiado pronto cuando en realidad deberían bajar un poco la guardia y tener ilusión.

–He dicho que eres inteligente. Cuando hablas así, casi me convences, tal y como me convenciste entonces. A lo mejor sí que es magia. Quizá tengas un poder especial que no tienen las demás.

Oyó un ruido a su espalda y eso le recordó que estaban en un lugar público. No sin reticencia, le soltó la mano y guardó silencio. De repente el móvil le empezó a sonar. Se lo sacó del bolsillo y, al ver el mensaje de texto, hizo una mueca.

–Maldita sea –exclamó–. Creo que voy a tener que irme a Piraeus esta misma noche. Estaré fuera durante unos días.

Petra respiró hondo mientras le escuchaba hablar por teléfono, mirando hacia otra parte. Después de pasar una noche charlando con él y abriéndole su corazón, lo más natural hubiera sido pasar la noche en sus brazos. Sin embargo, el hecho de saber que era imposible lo hacía desearlo con todas sus fuerzas.

–¿Estarás aquí cuando vuelva?

–Sí, voy a quedarme un tiempo –dijo ella.

–Te llamaré.

–Será mejor que nos vayamos –añadió ella–. Tienes que irte.

–Lo siento...

–No tienes por qué. Ha sido un día muy largo. Casi no puedo mantener los ojos abiertos –le dijo, preguntándose si él se lo creería.

Cuando llegaron a la mansión Lukas, el doble portón se abrió para ellos, casi como si alguien los estuviera esperando. Al detenerse frente a la casa, él le abrió la puerta y la acompañó hasta la entrada principal.

–¿Te acuerdas de aquella noche? –le preguntó él de repente–. Eras tan inocente y pequeña que te obligué a irte a la cama y te acompañé hasta la puerta.

–Y me dijiste que echara el pestillo –añadió ella, recordándolo.

Ninguno de los dos mencionó lo demás: aquel beso tan suave y sutil... Un mero roce que se había grabado con fuego en los recuerdos de Petra. Aunque hubiera llegado a conocer el amor y el deseo a lo largo de los años, nada hubiera podido compararse jamás con aquel instante mágico. Mientras le miraba supo por qué había sido así, y cuando se inclinó hacia ella, deseó con todas sus fuerzas que todo volviera a ser como aquella vez.

Él no la decepcionó. Sus labios se posaron durante una fracción de segundo, como si hubiera encontrado algo desconcertante en ella.

–Buenas noches –le dijo.

La dejó sola antes de que pudiera reaccionar. Volvió al coche y se marchó sin mirar atrás, acelerando, como si escapara de algo.

–Buenas noches –susurró Petra, siguiendo el coche con la mirada.

Cuando desapareció tras la curva, recordó que no le había preguntado cómo había conseguido su número de teléfono.

Petra no tardó en darse cuenta de que tenía mucho trabajo. Su reputación la precedía y en muy poco tiempo varias sociedades culturales se pusieron en contacto con ella para contratarla como guía. Ella aceptó todas las invitaciones y así llenó las largas horas sin saber nada de Lysandros.

Hubo una invitación en particular que llamó mucho su atención. Se trataba de The Cave Society, una asociación de entusiastas ingleses que se habían embarcado en una expedición de exploradores en una isla del mar Egeo. La isla estaba a unos treinta kilómetros y su orografía consistía en un laberinto de cuevas que supuestamente contenían muchas reliquias y tesoros históricos.

Nikator era muy escéptico al respecto. Decía que la leyenda no era fidedigna. Sin embargo, Petra estaba más que entusiasmada con la idea de pasar un día navegando en un barco.

—Bueno, en realidad el lugar que más me gustaría ver es la Casa de Príamo, en Corfú. ¿Es cierto que Lysandros es el dueño?

Su hermanastro se encogió de hombros.

—Eso creo.

Normalmente no tenía que soportar la compañía de Nikator. El hijo de Homer pasaba mucho tiempo fuera de casa; momentos que ella aprovechaba para explorar la maravillosa biblioteca del padre. A veces se sacaba una pequeña fotografía del bolso y la ponía sobre la mesa mientras leía. Así se sentía protegida y tranquila.

—Igual que me cuidabas cuando estabas vivo, abuelo —le decía al hombre de la foto, hablando en griego.

Una tarde Nikator regresó a la casa de forma repentina y se encerró en su habitación. No dejaba entrar a nadie, ni siquiera a Petra.

—A lo mejor Debra puede venir a verlo —le sugirió ella a Aminta, el ama de llaves.

—No. Ha vuelto a los Estados Unidos —dijo Aminta apresuradamente.

—Pensaba que se quedaba hasta la semana que viene.

–Tuvo que irse de forma repentina. Tengo que volver al trabajo –dijo y se escabulló sin más.

Petra se quedó desconcertada. ¿Qué podía significar todo aquello?

Probablemente nunca lo sabría, pero Aminta pasó una buena temporada evitándola.

Al final Nikator salió de su encierro. Tenía una ligera hinchazón en el labio y decía que se había caído, pero Petra no las tenía todas consigo, así que decidió pasar todo el tiempo posible fuera de la casa.

Desde la noche de la boda no había vuelto a ver a Lysandros más que en una ocasión, durante un banquete organizado por la alcaldía de la ciudad. Se había acercado a ella por cortesía, le había dicho que esperaba que lo estuviera pasando bien en Atenas y también había dicho algo acerca de volver a llamarla en los próximos días. Sin embargo, no había concretado nada. Parecía que estaba solo. No iba acompañado de ninguna dama, al igual que ella tampoco había llevado a nadie... Como si el destino hubiera querido emparejarlos de nuevo... Pero ella sabía que detrás de aquella fina capa de cortesía y sofisticación se escondía un hombre terriblemente solitario encerrado en una prisión, deseando salir, temeroso de hacerlo...

Pero en el fondo había pasión. Ella lo sabía muy bien. Siempre que estaba en su presencia era capaz de sentir el deseo que palpitaba en su cuerpo fuerte y alto; sus movimientos desenvueltos, el poder contenido, a punto de desatarse... Poco a poco la frustración de Petra dio paso a un profundo enojo. De repente podía oír de nuevo a la mujer de la fiesta, diciéndole que ella sólo era una de tantas y que al final mordería el anzuelo, igual que todas las demás.

–Ni hablar –murmuró para sí–. ¡Si eso es lo que crees, entonces te vas a llevar una gran sorpresa!

Rápidamente informó al personal de la casa de que

iba pasar unos días fuera y se fue a su habitación. De repente, mientras hacía la maleta, le sonó el teléfono.

–Me gustaría verte esta tarde.

Era Lysandros.

La joven se tomó un momento para calmarse antes de contestar.

–Estoy a punto de irme unos días.

–¿Y no puedes esperar hasta mañana?

–Me temo que no. Estoy muy ocupada. Ha sido un placer conocerte. Adiós –dijo y colgó.

–Bien hecho –dijo Nikator desde la puerta–. Ya era hora de que alguien se lo dijera.

–Te agradezco que te preocupes por mí, Nikki, pero de verdad que no es necesario. Lo tengo todo controlado. Siempre ha sido así y siempre lo será.

El teléfono volvió a sonar.

–Sé que estás enfadada –dijo Lysandros–. Pero ¿no puedes perdonarme?

–Creo que no me has entendido bien –dijo ella con frialdad–. No estoy enfadada. Sólo estoy ocupada. Soy una profesional y tengo trabajo que hacer.

–¿Entonces no me puedes perdonar?

–No, yo... No hay nada que perdonar.

–Me gustaría que me lo dijeras a la cara. He sido un poco desconsiderado, pero yo no... Quiero decir que... Ayúdame, Petra, por favor.

Aquellas palabras ejercieron un embrujo mágico sobre la joven. Podía resistirse a su arrogancia, pero no podía luchar contra aquella súplica desesperada.

–Supongo que podría rehacer mis planes –dijo tranquilamente.

–Estoy esperando en la puerta. Ven tal y como estés. Eso es todo lo que pido.

–Ya estoy saliendo.

–Estás loca –dijo Nikator de pronto–. Lo sabes, ¿no?

Ella suspiró.

–Sí. Supongo que sí. Pero no puedo evitarlo.

Se escapó de su mirada furiosa lo más rápido que pudo. En ese momento no podía pensar en nada excepto en que Lysandros la deseaba. Con sólo pensar que iba a volver a verlo el corazón le saltaba de alegría. Él estaba justo donde había dicho que estaría. No la besó, ni le dio ninguna otra muestra de cariño en público, pero sí le agarró la mano un instante.

–Gracias –susurró en un tono ferviente que borró de un plumazo todos aquellos días de espera e impotencia.

Ya estaba anocheciendo cuando la llevó al centro de la ciudad. Se detuvieron frente a un pequeño restaurante con terraza desde donde se divisaba el Partenón, situado en lo alto de la Acrópolis, dominando toda la ciudad. A veces Petra levantaba la vista y se lo encontraba observándola con una expresión intensa que lo decía todo; todas aquellas cosas que no podía poner en palabras.

–¿Has estado muy ocupada? –le preguntó él finalmente, por cortesía.

–He estado leyendo mucho en la biblioteca de Homer. He recibido algunas invitaciones para unas expediciones.

–¿Y has aceptado?

–No todas. ¿Y qué tal tu trabajo?

–Nada fuera de lo normal. Problemas que hay que resolver. He tratado de mantenerme ocupado... porque... –de repente el tono de su voz cambió inesperadamente–. Cuando estaba solo pensaba en ti.

–Pues supiste esconderlo muy bien.

–Quieres decir que no te llamé. Quise hacerlo muchas veces, pero no me atrevía en el último momento. Creo que ya sabes por qué.

–Creo que no.

–No eres como otras mujeres. No conmigo. Contigo tiene que ser o todo o nada, y yo...

–No estás listo para «todo» –dijo ella, terminando la frase. De pronto el temperamento de Petra se encendió–. Pero yo no tengo ningún problema, porque yo tampoco estoy lista. ¿Estás sugiriendo que te he estado acosando?

–No, no quería decir eso. Sólo trataba de disculparme –dijo él rápidamente.

–No es necesario –dijo ella.

En realidad sí era necesario. Su buen humor de un rato antes se había esfumado en un abrir y cerrar de ojos y la tensión de los últimos días le estaba pasando factura. Ya se le estaba acabando la paciencia con aquel hombre que no había hecho otra cosa más que ignorarla.

De repente la velada estaba a punto del desastre.

–¿Me pides otra copa de vino? –le preguntó, dándole la copa vacía y esbozando una sonrisa vacía.

Él captó la indirecta y dejó de disculparse. Sin embargo, eso no hizo sino hacerla sentir culpable. Él estaba haciendo todo lo que podía, pero ése era un terreno desconocido para alguien como él. Ella, en cambio, le sacaba ventaja en ese aspecto.

–En realidad... –dijo entre sorbo y sorbo–. Lo más interesante que me ha ocurrido es una invitación de The Cave Society.

Le habló de la carta y, al igual que Nikator, él se mostró escéptico.

–No me convence demasiado. Ya estoy vieja para ese tipo de cosas.

–Vieja –dijo él, mirándola fijamente.

–Muy vieja, según mi trayectoria académica. Esto... –dijo, señalando su melena rubia–. Es sólo tinte para ocultar las canas. Cualquier día de éstos empiezo a andar con un bastón.

–¿Quieres dejar de decir tonterías?

–¿Por qué? –preguntó ella, verdaderamente sorprendida–. Las tonterías son divertidas.

–Sí, pero... –se rindió, derrotado. Era muy difícil llevarle la contraria todo el tiempo.

–Oh, de acuerdo –dijo ella–. No creo que haya nada en esas cuevas, pero sí que me gusta ir por ahí y hacer lo que sea con tal de conseguir un buen hallazgo, así que a lo mejor sí que debería hacerlo.

–¿Pero qué vas a encontrar que no hayan encontrado otros?

–Algo que todos ellos no podían encontrar porque no son como yo, y yo no soy como ellos. Hay algo ahí, esperando por mí para resurgir de entre las cenizas del paso del tiempo. Sé que algún día encontraré algo extraordinario por lo que todos me recordarán. Y acabarán poniéndome una estatua frente al Partenón.

Al ver la cara que ponía él se echó a reír a carcajadas.

–Lo siento –añadió, ahogándose en su propia risa–. ¡Pero si pudieras verte la cara!

–Estabas de broma, ¿verdad? –le preguntó él con prudencia.

–Sí. Estaba de broma.

–Me temo que soy un poco... –se encogió de hombros–. Es que a veces es difícil saber...

–Oh, pobrecito –dijo ella–. Sé que eres capaz de reír. De hecho te he oído hacerlo, en la boda, pero...

–Es que...

–Lo sé –dijo ella–. Crees que es una debilidad tener sentido del humor, así que mantienes el tuyo a raya, tras las rejas, y lo sueltas cuando te conviene.

Lysandros trató de hablar. Hubiera querido hacer algún comentario ligero, pero no fue capaz. Poco a poco se alejaba de ella.

Aunque bien intencionadas, sus palabras le alumbraban el alma, revelando secretos que jamás debían ver la luz.

–¿Pedimos el segundo plato? –le preguntó, cambiando de tema.

–Sí, por favor –dijo ella.

Mientras el camarero los atendía, Petra advirtió la presencia de un hombre y una mujer que la observaban con insistencia. Cuando por fin los miró a la cara, ambos se sobresaltaron.

–Es ella –dijo la mujer–. Es usted, ¿no? Usted es Petra Radnor.

–Sí, lo soy.

–La vi en un programa de televisión justo antes de salir de Inglaterra, y he leído sus libros. Oh, es increíble.

Tan cortés como siempre, Lysandros los invitó a sentarse con ellos. Sin embargo, Petra casi sospechaba que la interrupción era más que bienvenida.

–Al parecer la señorita Radnor es toda una celebridad –les dijo–. Háblenme de ella.

La pareja no escatimó en detalles ni tampoco en alabanzas. Petra se moría de vergüenza.

–Nuestro presidente nos dijo que le había escrito una carta –dijo la mujer, llamada Angela.

George y ella eran miembros de The Cave Society y acababan de llegar a Atenas.

–Aceptará la invitación para venir a la isla, ¿verdad? –le preguntó Angela, insistiendo–. Significaría mucho para nosotros contar con un auténtico experto como usted.

–Oh, pero...

La conversación se alargó y Petra empezó a sentirse atrapada. En algún momento el teléfono de Lysandros comenzó a sonar. Él contestó y en cuestión de segundos su rostro se transfiguró.

–Claro –dijo bruscamente–. Iremos enseguida –colgó–. Me temo que me ha surgido un pequeño problema. Era mi secretaria para decirme que debo volver de inmediato, y Miss Radnor, cuya presencia es imprescindible.

Le hizo un gesto al camarero, pagó la cuenta y se despidió de la pareja.

–Buenas noches –dijo, poniéndose en pie y arrastrándola consigo–. Ha sido un placer.

Se escaparon rápidamente y no aflojaron el paso hasta haber atravesado tres manzanas. Y entonces, al abrigo de la oscuridad, la estrechó entre sus brazos.

Capítulo 5

UNA OLA de placer y alivio la recorrió de arriba abajo. Lo había deseado con tanta fuerza que todo su ser se moría por él. Su boca estaba lista para recibirle, al igual que el resto de su cuerpo. Al tiempo que él la abrazaba, ella también lo hacía, acariciándole con pasión.

–¿Cómo hiciste que sonara el teléfono? –le preguntó entre besos.

–Sólo apreté un botón para que sonara la alarma, y después fingí contestar. Tenía que sacarte de allí, tenerte para mí solo.

Volvió a besarla y ese beso fue todo lo que ella había deseado desde aquel primer encuentro. Jamás había experimentado nada parecido en toda su vida, y ya no volvería a sentir nada igual en el futuro. Era el beso con el que tanto había soñado desde aquel lejano día en que apenas le había rozado los labios con timidez.

–¿Qué me has hecho? –le preguntó él de repente–. ¿Por qué no puedo impedirlo?

–Podrías si realmente quisieras –susurró ella contra sus labios–. ¿Por qué no...? ¿Por qué no...?

–Deja de atormentarme.

Ella se rió al oírle. ¿Por qué iba a ponérselo fácil?

–Bruja... Hechicera... Sirena...

Sus labios empezaron a acariciarla con más fuerza mientras la llamaba cosas distintas. Estaba poseído por un poder más fuerte que él, y eso era justamente lo que ella quería.

De pronto se vieron interrumpidos por un jolgorio repentino. Un grupo de adolescentes acababa de aparecer al final de la calle, cantando y bailando. Al pasar junto a ellos, les dedicaron toda clase de buenos deseos para una pareja de enamorados. Lysandros la agarró de la mano y empezó a correr de nuevo, pero no había escapatoria. Otro enjambre de personas apareció por una calle secundaria, y después otro. Buscando una salida, terminaron en medio de una plaza donde un grupo de rock estaba dando un concierto sobre un escenario improvisado.

–¿Es que no se puede tener un poco de privacidad en esta ciudad? –dijo Lysandros, exasperado.

–No –dijo Petra, riendo de alegría–. No hay privacidad. Sólo hay música y alegría, y todo lo que desees.

–No tiene gracia.

–Sí que la tiene. ¿No lo ves? Oh, cariño, por favor, trata de entender... Por favor...

Él se rindió y le acarició el rostro.

–Lo que tú digas.

Petra no sabía muy bien qué quería decir, pero sí sabía que se sentía en casa, y esa noche él parecía dispuesto a consentirla un poco. Rendido a sus caprichos, la dejó que lo guiara hacia el baile. A su alrededor las parejas bailaban y daban vueltas mientras la banda tocaba.

–Vamos –gritó él.

–¿Adónde? –preguntó ella en medio del estruendo.

–Adonde sea. Adonde me lleves.

–Entonces ven conmigo –dijo ella.

Empezó a correr, tirándole de la mano, pero sin saber muy bien adónde se dirigía. Le bastaba con saber que él estaba a su lado. Atenas vibraba a su alrededor. Un poco después se detuvieron por fin, sin aliento. Desde lo alto venía el chisporroteo de los fuegos artificiales, que ascendían hacia el firmamento para después deshacerse en una explosión de luz y color.

La multitud los contemplaba boquiabierta.

–¡Vaya! –exclamó ella.

Él le dio la razón con un suspiro.

–No debería faltarte el aliento. Pensaba que ibas al gimnasio todas las mañanas.

Eso era exactamente lo que hacía y estaba tan en forma como ella esperaba. Sin embargo, cuando estaba con ella, su falta de aliento tenía otra explicación muy distinta.

La abrazó. Petra contempló la explosión de color con ojos de asombro y después sintió el roce de su boca, jugando, mordiendo, suplicando...

–¿Quién eres tú? –le preguntó él–. ¿Qué haces en mi vida? ¿Por qué no puedo...?

–Sh. No tiene importancia. Nada tiene importancia, excepto esto. Bésame. Bésame –Petra le demostró lo que quería decir, sintiéndole vibrar bajo las yemas de los dedos, deleitándose con el poder que era capaz de ejercer sobre él.

Un impulso le había hecho llamarla esa noche, y también había sido un impulso lo que le había hecho huir de aquella pareja molesta. Los impulsos... Aquello contra lo que había luchado durante tantos años empezaba a apoderarse de él. Se había convertido en una marioneta. Ella tiraba de los hilos y lo sabía.

–¿Qué pasa? –preguntó ella, sintiendo cómo se alejaba.

–Este lugar es demasiado público. Deberíamos volver a la mesa. Creo que me dejé algo allí.

–¿Y después? –preguntó ella lentamente, resistiéndose a creer el pensamiento que corría por su cabeza.

–Después creo que deberíamos irnos a casa.

Ella lo miró fijamente, tratando de comprender lo que estaba haciendo, sintiendo cómo crecía la rabia en su interior. Lo que realmente le estaba diciendo era que la magia se había acabado. Él la había desterrado de su vida por pura fuerza de voluntad, sólo para probar que podía, para demostrarle que todavía llevaba las riendas. Era una exhibición de poder, pero ella le haría arrepentirse de ello.

–¿Cómo te atreves? –le dijo en un tono suave, pero iracundo–. ¿Quién te crees que eres para despreciarme?

–Yo no...

–Calla. Tengo algo que decir y tú vas a escuchar. No soy una fémina desesperada a la que puedas recoger y tirar a la basura cuando te convenga. Y no finjas que no sabes a qué me refiero porque sé que lo sabes muy bien. Hacen cola para ti, ¿verdad? Bueno, yo no soy una de ellas.

–No sé quién te ha metido algo así en la cabeza.

–Cualquier mujer que te conozca puede habérmelo dicho. Tu reputación te precede.

Lysandros sintió que la furia se apoderaba de él.

–Apuesto a que Nikator habló más de la cuenta, pero ¿cómo puedes escucharle? ¡No me digas que ha conseguido engañarte con ese numerito del hermanito!

–¿Y por qué no debería creer que se preocupa por mí?

–Oh, claro que se preocupa, pero no como un hermano. Corren rumores muy interesantes sobre él. ¿Por qué crees que Debra Farley se fue de Atenas tan repentinamente? Porque él se pasó de la raya, y no aceptó un «no» por respuesta. Mírale la cara y verás lo que ella le hizo mientras forcejeaban. Supongo que le costó mucho dinero conseguir que se fuera sin hacer ruido.

–No me lo creo –dijo Petra, ignorando los susurros provenientes desde un rincón de su mente.

–Yo no miento –le espetó Lysandros, furioso.

–No, pero sí puedes malinterpretar las cosas. Incluso el gran Lysandros Demetriou comete errores, y has cometido uno muy grande conmigo. Hace un momento me estabas diciendo que irías conmigo a cualquier lugar y ahora me dices que te quieres ir a casa. ¿Crees que voy a tolerar esa clase de comportamiento así como así? ¿Qué se supone que tengo que hacer ahora, Lysandros? ¿Sentarme junto al teléfono móvil, esperando que te pongas en contacto, como una de esas jóvenes esposas atenienses? Cuando me llamaste debería haberte dicho que te fueras al...

–Pero no lo hiciste, así que a lo mejor deberíamos...

Aquellas palabras fueron como una chispa sobre gasolina.

–Mira... –dijo ella–. Tú tienes trabajo que hacer, y yo tengo el mío. Y ya no tenemos por qué ser una molestia el uno para el otro. Buenas noches.

Dio media vuelta y se alejó antes de que él pudiera hacer nada. Corrió por aquellas calles hasta llegar al pequeño restaurante. George y Angela todavía seguían allí, contentos de volver a verla.

–Sabíamos que volvería –dijo la mujer–. Vendrá a la cueva con nosotros, ¿verdad?

–Sí. Lo estoy deseando –dijo Petra con firmeza–. ¿Por qué no discutimos los detalles ahora? –les dijo, mirando a Lysandros con una sonrisa venenosa–. Volveré a casa en taxi. No te entretenemos más. Estoy segura de que estás muy ocupado.

–Tienes razón –dijo él, forzando la voz–. Buenas noches. Ha sido un placer conocerles.

Inclinó la cabeza y se marchó sin mirar atrás.

Lysandros se despertó con el pie izquierdo, presa de un terrible estado de ánimo. Los rayos de luz se habían esfumado y habían dado paso al frío resplandor de un día corriente. Ella ya no estaba, y con sólo recordar su propio comportamiento, ardía de vergüenza.

«Adonde sea. Adonde me lleves...». ¿De verdad le había dicho algo así? Por suerte ella misma lo había salvado a tiempo de caer en una estúpida aventura. A tiempo... Se levantó y se dispuso a preparar el día que tenía por delante, moviéndose como un autómata. Ella lo inquietaba profundamente. Era demasiado importante. Durante muchos años las mujeres habían entrado y salido de su vida sin pena ni gloria. Las trataba bien, pero siempre las mantenía a distancia, y no sentía nada cuando las veía marchar. Sin embargo, Petra Radnor había roto el molde, y si no cortaba todo aquello por lo sano, terminaría sucumbiendo a una debilidad; lo que más temía de entre todas las cosas.

Por suerte tenía que viajar a Piraeus por negocios y durante unos días logró refugiarse en las exigencias del trabajo. En el camino de vuelta a Atenas pudo por fin respirar aliviado. Había recuperado el control de su propia vida. A esas alturas Petra ya debía de haberle sustituido con otro pretendiente, y eso era lo mejor para los dos. Incluso se alegraba por ella, o eso se decía a sí mismo. En el coche, de camino a casa, encendió la radio para escuchar las noticias de última hora. Un comentarista estaba hablando de una búsqueda en el mar que estaba teniendo lugar en esos momentos. Habían encontrado un barco, volcado. Al parecer, los tripulantes estaban explorando una cueva en una isla del golfo.

–Una de los desaparecidos es Petra Radnor, la hija de la estrella de Hollywood Estelle Radnor, quien se ha casado recientemente con...

Lysandros frenó en seco y echó el coche a un lado de la carretera para escuchar mejor.

Ella le había dicho que iría a cualquier parte y que haría cualquier cosa por encontrar algo, pero ¿de verdad había querido ir? ¿Acaso no había tratado de escabullirse en un primer momento? Al final había aceptado la propuesta de Angela y George sólo para librarse de él.

«Si no hubiera estado enfadada conmigo, no hubiera

ido en ese barco. Si está muerta, yo tengo la culpa, como la última vez, como la última vez...».

De pronto su cuerpo volvió a la vida. Dio un giro de ciento ochenta grados y salió quemando rueda, como si lo persiguiera un ejército de demonios.

La noche ya estaba cayendo sobre la ciudad cuando llegó a la costa. Rápidamente se dirigió al lugar donde había sido hallado el barco.

«Está muerta. Está muerta... Tuviste tu oportunidad y la dejaste escapar... Otra vez.».

Una multitud se había reunido en torno al puerto. Los curiosos miraban hacia el mar y contemplaban el barco que se dirigía hacia ellos. Lysandros aparcó lo más cerca que pudo y corrió entre la gente para ver mejor.

—Han rescatado a la mayoría de ellos —dijo un hombre—. Pero he oído que hay alguien a quien no han encontrado aún.

—¿Alguien sabe de quién se trata? —preguntó Lysandros, impaciente.

—Sólo se sabe que es una mujer. Dudo mucho que puedan encontrarla ya.

«La has matado. La has matado...».

Lysandros se apoyó contra la barandilla y escudriñó la oscuridad, esforzándose por ver a los ocupantes del barco. En la proa había una mujer, envuelta en una manta. Presa del pánico, arrugó los párpados y trató de ver más. Una luz repentina iluminó su cabello. Podía ser ella... Pero no estaba seguro. El corazón le latía a doscientos por hora y se aferraba con tanta fuerza a la barandilla de hierro que le dolían los nudillos. De repente se oyó un grito colectivo, seguido de una ovación. El barco estaba más cerca y por fin podía ver bien a la mujer. Era Petra.

Sus ojos buscaban entre la multitud y, de repente, empezó a saludar con la mano. Aliviado y feliz, Lysan-

dros comenzó a saludarla también, pero entonces se dio
cuenta de que no era a él a quien miraba, sino a alguien
que estaba a su lado.

Nikator. El hijo de Homer dio un paso adelante y fue
a recibirla. Ella se inclinó, sonriente y llamándolo por
su nombre.

Lysandros se quedó donde estaba, quieto y serio. El
barco se detuvo y los ocupantes bajaron al muelle. Petra
se arrojó a los brazos de Nikator.

–Estelle, cariño, soy yo. Estoy bien –dijo, usando el
móvil que le había dado Nikator.

Lysandros no oyó el resto. Se retiró hacia las sombras con discreción y arrancó el coche a toda prisa.

Ella no le había visto.

Aminta se ocupó de ella en cuanto llegó a casa. Le
preparó un baño caliente, una buena cena y la hizo
acostarse pronto.

–Ha salido en las noticias –le dijo a Petra–. Estábamos muy preocupados. ¿Qué pasó?

–Realmente no lo sé. Al principio pensamos que era
una tormenta como las de siempre, pero de repente las
olas se volvieron más y más grandes y volcamos. ¿Has
dicho que ha salido en las noticias?

–Oh, sí. Han dicho que estuvieron a punto de aho-
garse y que no pudieron rescatarlos a todos.

–Todavía están buscando a una mujer –dijo Petra,
suspirando.

Esa noche durmió muy mal y se despertó de muy
mal humor. En algún sitio de la casa sonaba un teléfono
y un momento más tarde Aminta se lo llevó a la habitación.

–Es para usted. Un hombre.

Impaciente, contestó rápidamente, esperando oír la
voz de Lysandros. Sin embargo, sólo era George, que

la llamaba para decirle que la mujer desaparecida había sido encontrada y que se encontraba bien. Habló un rato con él por cortesía y colgó con cierto alivio.

Lysandros no la había llamado. Debía de haberse enterado del suceso por la televisión, pero no había dado señales de vida. El hombre que la había besado con tanta pasión no parecía sentir el más mínimo temor por lo que hubiera podido pasarle. Se había estado engañando a sí misma. El interés que él había tenido por ella no había sido más que superficial. No podría habérselo dejado más claro.

Nikator la estaba esperando al pie de la escalera.

—No deberías haberte levantado tan pronto —le dijo—. Después de todo lo que has pasado. Vuelve a la cama y deja que te cuide.

Petra sonrió. Se había llevado una gran alegría al encontrarle en el muelle y había vuelto a tomarle un cariño amistoso. Durante los días siguientes él se portó muy bien, demostrando afecto fraternal sin pasarse de la raya. Era un gran alivio poder relajarse un poco en su compañía y tenía la certeza de que las historias sobre él eran inciertas.

Pero... ¿y si Lysandros la llamaba?

Después de unos días sin saber nada de Petra, Lysandros la llamó al móvil, pero no pudo contactar con ella. El teléfono estaba operativo, pero lo habían apagado, y así seguiría hasta la noche, la mañana siguiente... Aquello no tenía ningún sentido. Ella podía haber conectado el servicio de buzón de voz, pero, en vez de eso, había bloqueado las llamadas completamente.

Lysandros no quería sucumbir a la incertidumbre que se apoderaba de él, pero al final terminó llamando a la mansión de los Lukas. Su llamada fue transferida a la secretaria de Homer.

–Necesito hablar con la señorita Radnor –dijo en un tono de pocos amigos–. Por favor, dígale que me llame.

–Lo siento, señor, pero la señorita Radnor ya no está aquí. El señor Nikator y ella se fueron a Inglaterra hace dos días.

Silencio. Lysandros tardó unos segundos en recuperar el habla.

–¿Dejó alguna dirección o un número de contacto?

–No, señor. El señor Nikator y ella dijeron que no querían recibir llamadas durante mucho tiempo.

–¿Y qué pasa si hay una emergencia?

–El señor Nikator dijo que nada podía ser una emergencia excepto...

–Entiendo. Gracias –colgó abruptamente.

La secretaria, aún con el teléfono en la mano, levantó la vista. Nikator estaba de pie junto a la puerta.

–¿Lo he hecho bien? –le preguntó la joven.

–Perfecto –le dijo él–. Sigue contando esa historia si recibes más llamadas.

Lysandros se quedó inmóvil, con el rostro contraído.

«Se ha ido. No va a volver...».

Las palabras parecían resurgir de entre las cenizas del pasado, como fantasmas.

«No va a volver...».

No significaba nada. Ella tenía todo el derecho de marcharse. Las cosas no eran igual que la otra vez.

«No volverás a verla. Nunca más... Nunca más...».

Uno de sus puños se estrelló contra la pared, con tanta fuerza que hizo caer un cuadro al suelo.

De pronto la puerta se abrió a sus espaldas.

–Fuera –masculló sin siquiera darse la vuelta.

La puerta se cerró rápidamente y él siguió allí sentado, mirando hacia la oscuridad, hacia el pasado. Finalmente se levantó sin saber muy bien lo que hacía y se dirigió a su habitación. Metió algo de ropa en una bolsa y volvió a bajar.

—Estaré fuera unos días —le dijo a su secretaria—. Llámame al móvil si es algo urgente. De lo contrario, lo dejo en tus manos.

—¿Puedo decirle a alguien adónde va?

—No.

Se dirigió hacia el aeropuerto y tomó el próximo vuelo hacia la isla de Corfú. Si hubiera usado su jet privado, todo el mundo hubiera sabido adónde se dirigía, y eso era lo último que deseaba. Su casa de Corfú era la Casa de Príamo, un enorme caserón que pertenecía a su madre. Ése era su refugio, el lugar al que acudía para estar solo, sin sirvientes ni visitas. Allí encontraría la paz y al aislamiento que necesitaba; lo único que podía salvarlo de volverse loco.

La única distracción podía ser la llegada inesperada de estudiantes y arqueólogos interesados en la historia de la casa. Había sido construida sobre las ruinas de un antiguo templo y corría el rumor de que entre sus cimientos había innumerables tesoros y reliquias que esperaban a ser encontrados.

Ya estaba oscureciendo cuando la mansión apareció ante sus ojos en la distancia, silenciosa y cerrada a cal y canto. Hizo que el taxi lo dejara a unos cien metros de la entrada y siguió a pie. Sin embargo, al entrar en la casa vio algo que lo hizo detenerse en seco. La puerta que daba acceso a la bodega estaba abierta, pero él era el único que tenía llave de esa puerta y siempre la mantenía cerrada. Furioso, bajó las escaleras rápidamente y entró en la bodega. Había alguien en el extremo más alejado de la estancia; una sombra acompañada de una luz tenue que usaba para examinar las piedras.

—¿Quién anda ahí? —preguntó con violencia—. Más te vale salir ahora mismo. No sabes en qué lío te has metido. No voy a tolerar algo así. Nadie puede entrar aquí.

De repente se oyó un suspiro y el intruso hizo un movimiento rápido. La linterna se le cayó al suelo. Lysandros se abalanzó sobre el ladrón y comenzó a forcejear con él en la oscuridad hasta que por fin consiguió reducirle.

–Bueno –le dijo con el aliento entrecortado–. Te vas a arrepentir de haber hecho esto. Vamos a ver...

Agarró la linterna del suelo y alumbró el rostro del desconocido.

–¡Petra!

Capítulo 6

PETRA lo miraba con los ojos enormes, respirando con dificultad. Él se puso en pie rápidamente y la ayudó a incorporarse. Ella temblaba.

—Tú... ¡Tú! —exclamó, sorprendido.

—Sí. Me temo que sí.

Ella se estremeció y él la agarró con más fuerza, temiendo que fuera a caerse. Sin perder más tiempo la ayudó a subir las escaleras de la bodega y la condujo a su habitación, donde la hizo tumbarse en la cama. Se sentó a su lado.

—¿Cómo se te ha ocurrido hacer algo así? ¿Estás loca? ¿Tienes idea del peligro que corrías?

—No es para tanto —dijo ella, todavía temblando.

—Te he dado una buena paliza. El suelo no está muy bien nivelado. Podías haberte dado un golpe en la cabeza... Estaba furioso.

—Lo siento. Sé que no debería haber...

—¡Demonios! Podría haberte pasado algo. ¿Es que no lo entiendes?

«Podrías haber muerto y entonces yo...».

Un violento escalofrío lo recorrió por dentro.

—Oye, estás haciendo una montaña de un grano de arena —dijo ella—. Estoy un poco asustada y me falta el aliento, pero eso es todo. Me he dado algún golpe al caer, pero nada más.

—Eso no lo sabes con certeza. Voy a llamar al médico.

—Ni hablar. No necesito ningún médico. No me he

roto nada. No me duele nada y no me he golpeado la cabeza.

Él no contestó, pero la miró fijamente. Ella le puso las manos sobre las mejillas.

—No me mires así. Todo está bien.

—No está bien —dijo él en un tono de desesperación—. A veces pierdo el control y... Y hago cosas sin pensar. Es tan fácil hacer daño.

Petra se dio cuenta de que estaba hablando de otra cosa. Sin embargo, el instinto le decía que era mejor no insistir en el tema por el momento.

—No me has hecho ningún daño.

—Si lo hubiera hecho, jamás me lo perdonaría.

—¿Pero por qué? He entrado en tu casa. No soy más que una delincuente. ¿Por qué no llamas a la policía?

—¡Cállate! —dijo él, abrazándola.

No trató de besarla, sino que la estrechó entre sus brazos con auténtico fervor, como si temiese que ella fuera a escapar.

—Vaya. Eso me gusta —dijo ella—. No dejes de abrazarme —añadió, sintiendo sus labios contra el cabello y notando cómo luchaba contra la tentación que lo hacía temblar.

Sin embargo, Lysandros no era de los que se rendían a sus emociones fácilmente y en ese momento tenía otra cosa en mente.

—¿Te he golpeado mucho?

—Me duele en algunos sitios, pero no es nada grave.

—Déjame ver.

Le abrió los botones de la blusa, se la quitó y también la despojó del sujetador. Sin embargo, no parecía afectado por su desnudez. Su interés era pura preocupación.

—Túmbate para que pueda verte la espalda.

Sorprendida, ella hizo lo que le pedía.

—No es nada serio —le dijo, mientras él la examinaba.

—Te buscaré una camisa.

–No hace falta. Tengo mis cosas en la habitación de al lado. Llevo varios días aquí. Nadie me ha visto porque todas las persianas están cerradas. Tengo suficiente comida para arreglármelas unos días sin tener que salir. Ya ves... No soy una persona de fiar.

Él suspiró.

–¿Y si te hubiera pasado algo? ¿Y si te hubieras caído y hubiera quedado inconsciente? Podrías haber muerto sin que nadie se enterara. Podrías haber pasado días, semanas, aquí. ¿Estás loca?

Ella se volvió y le miró a los ojos.

–Sí, creo que sí. Es que ya no entiendo nada.

Él apretó los dientes.

–¿Tengo que explicarte por qué no puedo soportar la idea de que estés en peligro? ¿Estás tan loca como para ser tan insensible y estúpida?

–Que yo corriera peligro no te supuso ningún problema cuando el barco en el que iba volcó en el mar. A menos que no lo supieras...

–Claro que lo sabía. Fui al puerto por si me necesitabas. Te vi llegar y entonces supe que estabas bien.

–¿Tú...?

–El accidente salió en las noticias. Claro que fui a ver si estabas bien. Te vi bajar del bote y correr hacia los brazos de Nikator. No quería interrumpir un reencuentro tan conmovedor, así que me fui a casa.

–¿Estuviste ahí todo el tiempo? –susurró ella.

–¿Y dónde querías que estuviera sabiendo que estabas en peligro? ¿De qué te crees que estoy hecho? ¿De hielo? –le preguntó, furioso.

Poco a poco Petra comenzó a entender lo que estaba ocurriendo y así logró entenderle más allá de la rabia con que manifestaba sus sentimientos contradictorios; más allá de toda aquella furia había miedo, dolor... Emociones que lo atormentaban, pero que no sabía cómo expresar.

–No –dijo ella, extendiendo los brazos hacia él–. Yo nunca pensaría eso. Oh, he sido tan estúpida. No debí dejar que me engañaras.

–¿Y eso qué significa? –preguntó él, entregándose a sus brazos.

–Te escondes de la gente. Pero no voy a dejar que te escondas de mí.

Él bajó la vista y contempló sus pechos desnudos, apenas visibles en la penumbra. Muy lentamente comenzó a deslizar las yemas de los dedos sobre su piel hasta llegar al pezón, que ya estaba duro y excitado.

–Nada de esconderse –susurró él.

–No podemos escondernos el uno del otro. Nunca hemos podido.

–No, no podemos –añadió, tomándola de la mano y llevándola a la habitación.

Ella empezó a desabrocharle los botones, pero él la hizo detenerse y se desvistió rápidamente, quitándose la chaqueta y después la camisa. Ella se inclinó hacia él hasta rozarle con los pechos y entonces sintió los temblores que lo sacudían de arriba abajo. Por primera vez no era capaz de controlarlo. Se quitaron el resto de la ropa, sin dejar de mirarse fijamente, tomándose su tiempo, sin prisa pero sin pausa. Él todavía tenía miedo de hacerle daño, así que la acariciaba suavemente, con sutileza. Pero Petra ya se estaba impacientando, y su respiración entrecortada lo animaba a seguir adelante. Llevaba mucho tiempo soñando con ese momento y no estaba dispuesta a dejar que nada se lo arrebatara. Siguió acariciándole el pecho, moviendo las manos despacio y jugando con él.

–Esto es peligroso –susurró él, soltando el aliento bruscamente. Podía sentir sus pezones duros contra las yemas de los dedos, rígidos y suaves al mismo tiempo.

–¿Para quién? –contestó ella–. Para mí no.

–¿Es que nada te asusta?

–Nada –dijo ella contra sus labios–. Nada.

Ella lo soltó un momento y terminó de quitarse la ropa. Él hizo lo mismo y entonces volvieron a besarse y acariciarse. Por fin tenía lo que tanto había deseado: él estaba frente a ella, desnudo y magnífico. Su corazón latía sin control y su piel ardía bajo las manos de él.

–Sí –susurró ella–. Sí. Sí. Estoy aquí. Ven aquí.

Él la hizo tumbarse suavemente sobre la cama y empezó a acariciarla por todas partes, el cuello, la cintura, las caderas... Se estaba tomando su tiempo, despertando su cuerpo lentamente, dándole tiempo para decidir si era eso lo que realmente deseaba. Pero pensar era lo último que Petra quería en ese momento. Todo su ser estaba entregado a la lujuria, al placer de disfrutar la liberación física que sólo él podía darle. Muy pronto sus sueños se harían por fin realidad.

Le devolvió las caricias, allí donde podía tocarle. Quería sentirlo todo de él y, aunque le estaba haciendo el amor de la forma que tanto había deseado, parecía que no era suficiente.

Cuando se tumbó sobre ella, la joven dejó escapar un suspiro, esperándolo. Y un segundo después estaba dentro, llenándola, colmándola de placer. Le rodeó la cintura con las piernas y se aferró con fuerza. Él dejó escapar un gruñido y entonces empezó a mover con frenesí sus poderosas caderas, al ritmo del deseo que lo había poseído. Poco a poco ella empezó a moverse también, clavándole las uñas en la carne.

–Sí –susurró la joven–. ¡Sí! –exclamó.

Lysandros sonreía, como si se alegrara de darle placer. Ella sabía que sería un amante apasionado, pero su imaginación se había quedado corta. Él la poseyó con fuerza, incansable y potente; llevándola al borde del éxtasis en varias ocasiones hasta que por fin ambos se arrojaron a un volcán de gozo.

Petra permaneció inmóvil durante un buen rato, con

los ojos cerrados, sumergida en un delirio de satisfacción. Cuando por fin volvió a abrirlos, vio a Lysandros. Él tenía la cabeza apoyada sobre su pecho y respiraba con dificultad.

–¿Te encuentras bien? –le preguntó él.

–Todo está bien –dijo ella, sin saber qué más decir.

Él se incorporó y la miró. Ella sonrió, devolviéndole la mirada. Todavía la deseaba.

Agarrándose de su cuello, ella trató de incorporarse, pero entonces hizo una mueca de dolor.

–¿Te he hecho daño? –le preguntó él, asustado–. Olvidé...

–Y yo –dijo ella–. Creo que voy a meterme en la ducha. A ver qué aspecto tengo.

Él la ayudó a levantarse de la cama y la acompañó hasta el cuarto de baño. Al entrar, ella encendió la luz y entonces él la hizo darse la vuelta para poder examinarle la espalda. Un momento después le oyó soltar el aliento.

–Qué mal –dijo–. Debes de haber caído sobre algo puntiagudo. Lo siento mucho.

–No siento nada –dijo ella con voz temblorosa–. Creo que tengo muchas otras cosas que sentir.

Él abrió el grifo de la ducha y la ayudó a meterse debajo. La enjabonó suavemente, la aclaró y entonces la secó con la toalla con sumo cuidado. Después la llevó en brazos de vuelta a la cama y fue a recoger las cosas de la habitación contigua donde ella se había quedado durante esos días.

–¿Llevas pijama de algodón? –le preguntó.

–¿Y qué esperabas? ¿Lencería fina? No cuando estoy sola. Esto es más práctico.

–Voy a ver si encuentro algo de comer –dijo él–. A lo mejor tengo que salir.

–Hay comida en la cocina. Yo la traje.

Lysandros preparó café y unos sándwiches.

–Deberíamos haber hablado antes de que pasara nada –le dijo él–. No quería hacerte daño.

Ella sonrió.

–Eso es fácil decirlo, pero no creo que pudiéramos haber hablado antes. Teníamos que pasar cierto punto de inflexión.

Él asintió.

–Pero ahora las cosas van a ser diferentes. Yo voy a cuidar de ti hasta que te encuentres mejor –la ayudó a ponerse el pijama–. ¿Cuánto tiempo llevas aquí? –le preguntó de repente.

–Tres días.

–¿Y cuándo regresaste de Inglaterra?

–No he estado en Inglaterra. ¿Por qué piensas eso?

–Tu teléfono estaba apagado, así que llamé a la casa y hablé con alguien. Me dijeron que te habías ido a Inglaterra con Nikator. Supuestamente habíais dejado un mensaje diciendo que no queríais que os molestaran, durante mucho tiempo.

–¿Y tú te lo creíste? ¿Pero qué te pasa en la cabeza?

–¿Y por qué no iba a creerlo? No tenía motivos para pensar otra cosa. Te habías esfumado sin dejar rastro. Tu móvil estaba apagado.

–Lo perdí en el agua. Tengo uno nuevo.

–¿Y cómo iba a saberlo yo? Podrías haberte ido con él.

Petra estaba indignada.

–Eso es imposible. Jamás ha sido posible y tú deberías haberlo sabido.

–¿Cómo iba a saberlo si tú no estabas ahí para decírmelo? Si no lo pensé detenidamente, a lo mejor es culpa tuya.

–Oh, muy bien. De acuerdo. Échame a mí la culpa.

–Te fuiste sin decir ni una palabra.

–¿Sin decir ni una palabra? ¿Qué pasa contigo? Yo

no voy detrás de un hombre que me ha demostrado que no le intereso.

—No me digas lo que me interesa y lo que no —le dijo él, sintiendo crecer la furia de siempre.

—Te estabas alejando de mí. Sabes que sí.

—No, eso no es lo que yo...

—Lanzabas señales muy contradictorias que no podía entender.

Él se pasó una mano por el cabello y se lo alborotó.

—A lo mejor es que ni yo mismo podía entenderlas.

—Yo no he dicho que...

—¿Cómo que no? ¿Ya has olvidado todo lo que dijiste? Yo no. Nunca lo olvidaré. Nunca quise que te fueras. Y entonces... —respiró con dificultad—. Podrías haber muerto en ese barco, y no tendrías que haber subido a bordo de no haber sido por mí. Tenía que asegurarme de que estabas bien, pero después... Bueno, parecía que estabais muy a gusto juntos.

—Claro, sobre todo cuando él empezó a difundir mentiras —dijo ella entre dientes—. En realidad había empezado a pensar que no estaba tan mal después de todo... Me dan ganas de agarrarlo por el cuello.

—Déjalo —dijo él—. Ya lo haremos juntos. Pero hasta entonces te quedas en la cama y no te levantes hasta que yo te lo diga.

—Soy una chica fuerte. No voy a romperme.

—Eso lo decido yo. Vas a dejar que te cuide.

—Sí, señor —dijo ella, conteniendo las ganas de reír.

Él le lanzó una mirada escéptica y ella se vengó haciendo una mueca.

—Lo entiendo, señor. Me quedaré quieta y obedeceré, porque van a cuidarme me guste o no, señor.

Él sonrió.

—Oh, creo que te va a gustar.

—Sí —dijo ella con alegría—. A lo mejor sí.

Esa noche durmió mejor de lo que había dormido

durante las semanas anteriores; a lo mejor fue el efecto de acurrucarse en la cama de Lysandros, teniéndole a su lado para lo que necesitara.

–Llámame si necesitas algo –le había dicho él.

O quizá fuera la forma en que había corrido hacia ella desde la ventana cuando se había despertado de madrugada.

–¿Qué pasa? ¿Qué quieres? –le había dicho, preocupado.

Cuando se despertó a la mañana siguiente él se había marchado y la casa estaba en silencio. ¿Acaso la había abandonado sin más? Aunque tuviera esa fama, Petra no podía creerlo.

–Aaaaah –exclamó, adolorida, yendo hacia el descansillo de la escalera.

De pronto se abrió la puerta de entrada.

–¿Pero qué haces fuera de la cama? –le preguntó él, subiendo la escalera rápidamente.

–Tenía que levantarme un rato –dijo ella, protestando.

–Bueno, vuelve a la habitación. Vamos.

–Estoy un poco oxidada –dijo Petra, haciendo una pequeña mueca de dolor mientras caminaba hacia la habitación.

–Te sentirás mejor después de un buen masaje. Fui a comprar comida y entonces me acordé de una farmacia donde venden un buen linimento. Quítate la ropa y túmbate.

Ella hizo lo que le pedía y se tumbó boca abajo. El frío linimento le produjo una agradable sensación en la espalda, pero poco a poco sus manos vigorosas le calentaron la piel con movimientos suaves que eran una caricia para sus agarrotados músculos.

–Parecen más suaves ahora que anoche –dijo ella.

–Deberías haberte acostado enseguida. Es mi culpa que no lo hayas hecho.

–Sí –dijo ella, sonriendo–. En vez de eso, hicimos otra cosa. Pero valió la pena.

–Me alegra que pienses eso, pero no voy a volver a tocarte hasta que estés mejor.

–¿Pero no me estás tocando ahora?

–No es lo mismo –dijo él con firmeza.

Más tarde, en la cocina, ella le observó mientras preparaba el desayuno.

–No se lo creerían si te vieran ahora –le dijo en un tono burlón.

–Confío en que tú no vas a decirles nada. Si dices una sola palabra, diré que estás loca.

–No te preocupes. Tu secreto está a salvo conmigo. ¿No tienes empleados aquí?

–La señora de la limpieza viene de vez en cuando, pero yo prefiero estar solo. Casi toda la casa está deshabitada y sólo uso un par de habitaciones.

–¿Y por qué viniste ahora?

–Necesitaba pensar –dijo él, mirándola con intención–. Desde que nos conocimos... No sé... Todo debería haber sido muy sencillo...

–Pero nunca lo ha sido. Me pregunto si podemos hacer que las cosas sean fáciles sólo con desearlo.

–No –dijo él inmediatamente–. Pero si hay que luchar, ¿por qué no? Siempre y cuando tengas claro por qué luchas.

–O por quién luchas.

–Creo que no hay ninguna duda en ese sentido. Sí que sabemos contra quiénes luchamos.

–El uno contra el otro –dijo ella–. Sí. Es interesante, ¿no? Agotador, pero interesante.

Él se rió.

–Me encanta verte reír. Entonces puedo cantar victoria.

–Ya has tenido otras victorias, pero a lo mejor no lo

sabes todavía. O a lo mejor sí –añadió, burlándose de sí mismo.

–Creo que te dejaré con la duda.

–Cometería un error muy grande si tratara de tomarte a la ligera, ¿no?

–Por supuesto –dijo ella.

–Siento lo de la otra noche –dijo él de pronto.

–Yo no.

–Quiero decir que siento no haber esperado a que te recuperaras.

–Escucha. Si hubieras tenido suficiente autocontrol como para esperar, me lo hubiera tomado como un insulto. Y al final te hubiera hecho arrepentirte de ello.

Él la miró con ojos curiosos y entonces ella se incorporó para llevar unos platos al fregadero, pero él la hizo detenerse.

–Yo lo hago.

–No tienes por qué cuidarme como si fuera una inválida –se rió–. Puedo hacer muchas cosas yo solita.

Él la miró con tristeza.

–De acuerdo –dijo al final.

–Lysandros, de verdad...

–Sólo quisiera que me dejaras darte algo, hacer cosas por ti...

Aquellas palabras llegaron al corazón de la joven. Conmovida, le sujetó las mejillas con ambas manos, culpándose por ser tan insensible.

–No quiero ser una molestia para ti. Tienes muchas cosas importantes que hacer.

Él la rodeó con los brazos y la atrajo hacia sí.

–No hay nada más importante que tú...

Capítulo 7

QUÉ VAMOS a hacer hoy? –le preguntó Petra después de ducharse.

–Tú vas a descansar.

–Creo que me vendrá bien un poco de ejercicio. Podría seguir explorando la bodega.

–¡No! –le dijo en un tono enérgico–. Podemos salir a dar un paseo por la playa antes de comer, y después volvemos a casa.

–Como quieras.

Lysandros la miró con cinismo.

Había un coche pequeño en el garaje y en él fueron hasta la playa. A un lado había una pequeña cala desierta independiente de la orilla principal.

–Es privada –le explicó Lysandros–. Es de un amigo mío. No vayas a tumbarte a tomar el sol con esa piel tan blanca que tienes. ¿Quieres sufrir una insolación?

La condujo hasta las rocas, donde había algo de sombra y una pequeña cueva. Allí dentro Petra se cambió de ropa, alegrándose de haber llevado un traje de baño. Cuando salió, él había extendido una enorme toalla en el suelo, pero no sólo eso, sino que también había una almohada. Tenía el protector solar en la mano, pero parecía vacilar al respecto.

–No deberías ponerte esto al mismo tiempo que el linimento –le dijo–. Lo dejaremos durante un rato, pero quédate en la sombra... No. No muevas la toalla. Déjala donde yo la puse.

–Sí, señor. Lo que usted diga va a misa, señor.

Él frunció el ceño.

–A veces la gente dice eso, pero no lo entiendo muy bien.

Ella le explicó qué quería decir.

–¿Lo dices para burlarte de alguien?

–De mí misma –dijo ella con ternura–. Me burlo de mí misma por obedecerte como un corderito mientras me das órdenes.

Él se quedó desconcertado.

–¿Pero por qué no voy a...?

–Calla –ella le puso un dedo sobre la boca y él la besó en la yema.

–Es por tu propio bien –dijo él–. Para que estés bien.

–Lo sé. La broma es porque una parte de mí es igual que el sargento que llevas dentro. A mí también me gusta repartir órdenes, pero esta vez te dejo salirte con la tuya. «Haz esto, haz lo otro». Tienes suerte de que no te dé una patada en el trasero, tal y como haría con cualquier otro. Parece que hay alguien dentro de mí a quien no conocía en absoluto.

Él asintió.

–Sí, así es –dijo.

Sacó un enorme parasol que había alquilado y lo fijó en la arena.

–¿Y qué me dices de ti? –preguntó ella–. Podrías sufrir una insolación si no te pongo un poco de crema.

A diferencia de ella, Lysandros tenía la piel bronceada, pero la idea de acariciarle con el pretexto de untarle la protección solar se le hacía irresistible.

–¿Crees que la necesito? –preguntó él.

–Por supuesto.

Él la miró de reojo y se tumbó a su lado para que pudiera empezar con el pecho. Durante un buen rato la dejó masajearle en silencio. Ella parecía disfrutar mucho mientras esculpía sus fornidos músculos con las yemas de los dedos.

–¿Cómo hemos llegado hasta aquí?

–No lo sé –dijo ella–. Hemos perdido tantas oportunidades. Muchas veces estuviste cerca, pero entonces te cerraste por completo. Todo estaba bien y entonces empezabas a comportarte como si yo fuera el enemigo número uno. Aquella noche en Atenas...

–Lo sé. Lo siento mucho. Entonces me odié a mí mismo por lo que había hecho, pero no pude evitarlo. Tenías razón al rechazarme.

Petra se dio cuenta de que él ya no trataba de luchar contra ella. Sin embargo, de repente había una mirada vulnerable en sus ojos que era imposible de soportar.

–Nunca nos hemos entendido muy bien que digamos –dijo ella suavemente–. A lo mejor ésta es nuestra oportunidad.

Él frunció el entrecejo.

–¿Estás segura de que quieres intentarlo? A lo mejor es mejor no hacerlo. Yo no soy una buena pieza precisamente. Hago daño a la gente. No quiero hacerlo, pero la mayoría de las veces estoy tan aislado del mundo que no me doy cuenta de lo que hago.

–No estás tratando de asustarme, ¿verdad?

–Trato de advertirte. No creo que pueda asustarte.

–Me alegro de que te hayas dado cuenta.

–Entonces escúchame. Sé lista y vete. No soy bueno para ti.

–Eso es cierto. Pero yo puedo equilibrar la balanza. Cuando se trata de ser mala, no hay quien me gane.

Él trató de decir algo, pero ella lo hizo callar.

–No. Ahora me toca a mí, así que escucha. Ya he oído lo que tenías que decirme y no me impresiona. Yo estoy a la altura, ahora y en cualquier momento. Si hay que pelear, pues peleamos. Ya verás cómo eres tú quien sale peor parado.

–Oh, ¿en serio? –le preguntó él, con curiosidad.

–Será mejor que te lo creas –dijo ella entre carcajadas–. ¿No sería una experiencia nueva para ti?

–Un hombre debería estar preparado para vivir experiencias nuevas. Eso le hace más fuerte y capaz de vencer en cualquier situación.

–¿Cualquier situación?

–Cualquier situación.

–Bueno, dejemos el asunto de momento –dijo ella–. Y ahora... –se retiró y se puso en pie–. Me voy a nadar un poco.

Se marchó hacia la playa sin darle tiempo a incorporarse siquiera. Él salió corriendo detrás y para cuando la alcanzó ya estaba metida en el agua. Se zambulló y fue tras ella, nadando mar adentro. Al rato la adelantó un poco y extendió las manos para atraparla. Ella se las agarró y se echó a reír, arrugando los párpados bajo el sol intenso.

–Cuidado –le dijo él, sujetándola mientras se inclinaba hacia atrás, dejando que los rayos de luz le bañaran el rostro.

Nadaron durante un buen rato, pero Petra aún estaba un poco adolorida.

–Volvamos a la playa para comer algo –le dijo él en cuanto la vio hacer una mueca.

Encontraron un pequeño restaurante junto a la costa y se sentaron frente al mar.

–¿Qué pasó con el barco? –le preguntó él.

–Realmente no lo sé. Hacía buen tiempo. Visitamos varias cuevas, pero no encontramos nada. Nunca debería haber...

–No habrías ido de no haber sido por mí. Si algo te hubiera pasado...

–Bueno, suficiente –le dijo ella con firmeza–. No me he muerto. Fin de la historia.

–No –dijo él con suavidad–. No es el fin de la historia. Los dos lo sabemos.

Ella asintió, pero no dijo nada más.

–Después de la discusión que tuvimos estaba seguro de que no teníamos nada más que decirnos, pero entonces vi que estabas en peligro y... –hizo un gesto–. Nada ha vuelto a ser igual desde entonces. Cuando vi que estabas sana y salva el mundo volvió a ser un lugar luminoso, y entonces apareció Nikator. Cuando me dijeron que te habías ido con él...

–No entiendo cómo pudiste creerte algo así. Pensaba que me conocías mejor.

–¿Y cómo querías que no lo creyera? Tú no me creíste cuando te advertí sobre él, y cuando os vi juntos a los dos pensé que lo preferías a él. En realidad no te conozco en absoluto, pero hay algo aquí... –se tocó el corazón– que siempre te ha conocido muy bien.

–Sí, pero eso no hace más fáciles las cosas. El camino se abría en distintas direcciones. Todo era muy confuso y al final nos topamos el uno con el otro por accidente.

–Este encuentro no ha sido accidental –dijo él–. Tú te colaste en mi casa.

–Cierto. He cometido un delito –dijo ella, sonriendo–. No quería hacerlo. Tenía pensado pedirte permiso, pero entonces discutimos y... –se encogió de hombros.

Él asintió con la cabeza.

–Sí. Cuando le dices a un hombre que se vaya al infierno, es difícil pedirle un favor justo después.

–Me alegro de que lo entiendas tan bien. Pero no podía irme así como así, sin explorar un poquito, ¿no crees? El allanamiento de morada era la última opción que me quedaba.

–¿Pero cómo entraste? Las cerraduras de esta casa son lo último que ha salido en el mercado y no son fáciles de forzar.

Ella sonrió.

–Estelle hizo una película sobre la mafia hace algunos años. Uno de los expertos que participaron en el rodaje era un cerrajero, y yo aprendí muchas cosas de él.

Me dijo que no había cerradura que no se pudiera abrir, incluso las digitales.

Él la miró con escepticismo, sin saber si creerla o no.

—¿Entonces no eres una mujer sincera? —le dijo finalmente, deslizando un dedo sobre su mejilla.

—¿Sincera? Lysandros, ¿no te habías dado cuenta hasta ahora? Soy historiadora. Lo de la sinceridad no va con nosotros, si eso se interpone en nuestros planes. Cuando queremos indagar sobre algo, simplemente lo hacemos. Si hace falta, allanamos viviendas, falsificamos documentos, decimos mentiras, engañamos... Hacemos lo que sea necesario para averiguar aquello que necesitamos saber. Bueno, a veces sí obtenemos permisos, si nos conviene, pero eso tampoco es tan importante.

Él sonrió de oreja a oreja.

—Ya veo. ¿Y si el dueño se opone...?

Ella lo miró fijamente y entonces se acercó hasta acariciarle el rostro con el aliento.

—El dueño puede guardarse todas sus objeciones e irse al infierno —le dijo en un susurro.

—Me dejas atónito.

—No, no estás atónito —dijo ella con ironía—. Seguro que tú mandas a muchos a ese sitio a lo largo de la semana.

—Apuesto a que tú podrías enseñarme unos cuantos trucos.

—Cuando quieras —dijo ella contra sus labios.

—No estaba hablando de negocios.

—Y yo tampoco. Vamos a casa.

De camino a la casa, pararon para comprar algo de comida. Petra se dio cuenta de que él estaba comprando provisiones para unos cuantos días y entonces sonrió. Eso era justamente lo que necesitaba. Llegaron a la casa al atardecer. En la penumbra del vestíbulo, él la tomó en sus brazos y le dio un beso apasionado. El tacto de sus labios era suave y reconfortante.

Una mitad de él ya era suya, pero Petra necesitaba ganarse la otra parte. Ella, en cambio, ya le pertenecía en cuerpo y alma. Él la besó en el cuello, moviendo los labios suavemente y apoyando la cabeza contra su rostro, como si buscara dónde refugiarse. Ella le acarició el cabello y entonces él levantó la vista. Sus miradas se encontraron y juntos subieron las escaleras que llevaban al dormitorio.

La noche anterior se habían amado con frenesí, pero en ese momento podían tomarse su tiempo. Al principio él se movía con cautela, despojándola de la ropa con sutileza y temeroso de dar el próximo paso, y ella lo desvistió de la misma manera, ansiosa por descubrir el cuerpo escultural que había contemplado esa tarde en la playa. Él la tumbó en la cama y se sentó a su lado un momento, contemplándola con ojos posesivos

—Deja que te vea —susurró y la miró como un hombre que acaba de descubrir un tesoro.

Ella levantó las manos por encima de la cabeza y se expuso a su mirada. Con sólo anticipar lo que estaba por venir se estremecía por dentro. Un momento después él puso una mano sobre uno de sus pechos y empezó a masajearlo arriba y abajo, deleitándose con el movimiento. Entonces se inclinó y rodeó uno de sus pezones con los labios. Petra contuvo el aliento y arqueó la espalda contra él.

—Sí —murmuraba—. Sí...

—Sh. No tenemos prisa —dijo él.

La joven se preguntó cómo podía decir eso. Su erección palpitaba de deseo y ella no podía evitar buscarle con las puntas de los dedos. Sin embargo, él tenía el control y era capaz de excitarla mientras jugaba con ella.

—Eres un demonio —susurró ella.

Él no contestó con palabras, sino con una mirada que le decía que estaba dispuesto a ser el demonio que ella necesitaba. Travieso y juguetón, comenzó a acariciarle el otro pecho, muy lentamente. Pero ella ya estaba más que dispuesta, impaciente, ansiosa.

—Ahora —dijo con un hilo de voz—. ¡Ahora!

Él se puso encima de ella antes de que terminara de hablar, y entonces encontró el lugar que lo llamaba con desesperación, haciéndola suya con un movimiento rápido que la hizo caer en un delirio de pasión. El tumulto de sensaciones que la poseía no se parecía a nada que hubiera experimentado en toda su vida. Ningún hombre la había llenado tanto como él; ningún hombre la había hecho tan libre. Petra empujó contra él. Lo necesitaba todo de él, y él se lo daba una y otra vez.

Cuando todo terminó, lo abrazó con fuerza, como si necesitara aferrarse a algo seguro en aquel maremágnum desconocido que acababa de abrirse ante sus ojos. Y fue entonces cuando se dio cuenta de que nada era seguro, y eso lo hacía más hermoso.

Él levantó la cabeza y la miró con los ojos llenos de dudas.

—Tú... —le dijo suavemente—. Tú...

—Lo sé. Yo siento lo mismo —dijo ella.

Un segundo después, él estaba dormido, pero Petra no era capaz de cerrar los ojos. No podía dejar de saborear el triunfo, besándolo y haciéndole promesas alocadas. Pasaron casi todo el día en la cama, no haciendo el amor, sino acariciándose y hablando.

—No sé qué habría hecho si te hubiera perdido —murmuró él, acurrucado a su lado—. Me sentía atrapado, encarcelado, y sólo tú tenías la llave para dejarme salir.

—Estuviste muy cerca de poder escapar —dijo ella—. Pero entonces volvías atrás y me dabas un portazo en la cara.

—Es que perdí los estribos —dijo él, sintiendo desprecio por sí mismo—. No sabía si podía arreglármelas, así que volvía a huir y me refugiaba tras una puerta cerrada con llave. Pero no podía quedarme ahí, sabiendo que tú estabas ahí fuera, llamándome, diciéndome que el mundo era un sitio maravilloso. La primera vez me salvaste, y yo sabía que podías volver a hacerlo.

—¿Y cómo te salvé?

Él respondió con un largo silencio y Petra sintió que el corazón se le caía a los pies.

—Nunca te dije por qué estaba en Las Vegas. Lo cierto es que había discutido con mi familia. De pronto no pude aguantar más las peleas de siempre y quise huir de todo aquello. Me fui de casa para vivir mi propia vida, o eso me decía a mí mismo. Sin embargo, terminé en malos pasos. La noche en que nos conocimos llevaba dos años por ahí, y el desastre acechaba a la vuelta de la esquina. Pero entonces algo me salvó. Te conocí a ti.

—Y entonces discutiste conmigo —dijo ella en un tono de broma.

—No discutimos —dijo él rápidamente—. Bueno, sí, supongo que estuvimos a punto porque yo no estaba acostumbrado a que me dijeran cosas que no quería oír. Toda ese discurso sobre Aquiles...

—Pero no era un discurso. Sólo estaba repasando la leyenda con mi estilo de siempre.

—Lo sé. Puede que incluso me hayas hecho un favor.

Otro silencio. Él libraba una lucha interior.

—No importa —dijo ella—. No tienes que decirme nada que no quieras decir.

—Pero sí quiero decírtelo. Ojalá supieras cuánto.

Ella le tocó la mano y sintió cómo él le apretaba los dedos con gratitud.

—Tenía veintitrés años y supongo que... No era muy maduro. Había dejado a mi padre para arreglármelas yo solo. Tú me enseñaste la verdad, me hiciste ver cómo era en realidad. Tuve que pensar mucho y al día siguiente cuando regresé a casa le dije a mi padre que estaba listo para ocupar mi lugar en el negocio. Nos hicimos socios y hace diez años, cuando él murió, me puse al frente de la empresa. Gracias a ti.

—Debería estar orgullosa de mi creación, ¿no?

—¿Eso crees?

—No del todo. No eres feliz.

Él se encogió de hombros.

—La felicidad no es parte del trato.

—Me pregunto con quién hiciste ese trato –dijo ella–. A lo mejor fue con las Furias.

—No. Las Furias son la avanzadilla que pongo en primera línea de batalla. No se trata de mis sentimientos. Yo hago mi trabajo y hago que los demás trabajen.

—Y así los beneficias. ¿Pero qué pasa contigo? ¿Qué pasa con Lysandros Demetriou?

Los ojos de Lysandros se oscurecieron y su mirada se perdió.

—A veces... Creo que apenas existe.

Ella asintió.

—Lysandros Demetriou es un autómata que camina y habla y hace lo que sea necesario –dijo ella–. ¿Pero qué pasa contigo? –le puso una mano sobre el corazón–. En algún lugar ahí dentro, tienes que existir.

—Quizá es mejor si no existo.

—¿Mejor para quién? No para ti. ¿Cómo puedes vivir en este mundo sin ser parte de él?

Él hizo una mueca.

—Así es más fácil. Y más seguro.

—¿Más seguro? ¿Tú? ¿El hombre de hierro, inmortal?

—El hombre que se supone inmortal.

—Excepto por esa zona diminuta en el talón, ¿no? Qué pena, Aquiles. ¿Vas a decirme que tienes miedo de asumir los riesgos que el resto de mortales asumimos todos los días?

Él respiró hondo.

—Oh, sí que eres buena. Eres lista, astuta, inteligente... Sí que sabes cómo clavarte en el corazón de un hombre.

—Tú no tienes corazón –le dijo ella en un tono desafiante–. O por lo menos no te molestas en escucharlo.

—Pero si lo escuchara, ¿qué crees que me diría... sobre ti?

—Eso no lo sé. Sólo tú puedes saberlo.

–Creo que hablará en respuesta a tu propio corazón –le dijo él–. Ojalá supiera qué dice el tuyo.

–¿Es que no puedes entenderlo? –susurró ella.

–Entiendo algo. Se ríe de mí, casi como un enemigo, y sin embargo...

–Los amigos también se ríen. Mi corazón es tu amigo, pero a lo mejor es un amigo un poco pesado. Tendrás que contar con ello.

–Y cuento con ello. Te lo aseguro... Petra... Dime que me deseas.

–Si no te has dado cuenta todavía...

De pronto sus manos parecieron tocarla por todos lados.

–Espero que eso signifique lo que yo creo que significa –dijo él–. Porque ya es demasiado tarde.

Ella le rodeó el cuello con los brazos.

–¿A qué estabas esperando?

Cuando se despertó el sol de la mañana se filtraba por las ventanas. Estaba sola. Al otro lado de la cama no había nadie, pero las sábanas arrugadas y la almohada tenían la forma de él. Al tocarlas se dio cuenta de que aún estaban calientes.

Se incorporó y trató de escuchar, pero todo estaba en silencio. Se levantó de la cama, fue hacia la puerta y la abrió. No había luz en el cuarto de baño, y algo le decía que él tenía problemas.

De repente empezó a oír un ruido que provenía del final del pasillo. Moviéndose lentamente, avanzó siguiendo la dirección del sonido y entonces tuvo que girar hacia la izquierda, adentrándose así en otro corredor. Ahí estaba de nuevo; el mismo ruido. Pero esa vez parecían pasos, adelante y atrás. Siguió el pasillo hasta el final y esperó un momento antes de dar la vuelta a la esquina. El corazón se le salía del pecho.

Un pequeño tramo de escaleras se alzaba ante ella y en lo alto estaba Lysandros, junto a la ventana, contemplando el mundo que se abría a sus pies. Él se volvió y caminó a un lado y a otro, como un hombre que trata de encontrar su camino en un territorio desconocido. De pronto se detuvo ante una puerta...

Ella esperó a que la abriera... A lo mejor podía seguirle sigilosamente y así averiguar qué era aquello que tanto lo atormentaba. Sin embargo, él permaneció inmóvil durante una eternidad. Se recostó contra la puerta y sus hombros se encorvaron como los de alguien que está a punto de desmayarse. Ella estuvo a punto de ir hacia él para ofrecerle consuelo, pero entonces él se incorporó y fue en su dirección. Rápidamente ella retrocedió y se esfumó antes de que él la sorprendiera. Logró llegar al dormitorio y se metió en la cama a toda prisa, de espaldas a la puerta. Un momento después le sintió tumbarse a su lado. Se inclinó sobre ella para ver si estaba dormida y ella decidió arriesgarse. Abrió los ojos.

–Hola –le dijo, abriéndole los brazos. No tenía nada que temer de ella. Podía abrirle su corazón sin reparos, sin necesidad de ocultarle nada.

–Siento haberte despertado –dijo él, retrocediendo–. Creo que voy a levantarme.

–¿Vas a levantarte ahora? –le preguntó ella suavemente.

–Sí. Me duele el cuerpo de estar tanto tiempo tumbado, pero tú quédate. Te traeré un café más tarde.

Dejó la habitación rápidamente y Petra se quedó desconcertada. Por muy felices que fueran juntos, había algo que lo atormentaba profundamente. Lysandros tenía un secreto que no estaba dispuesto a compartir con ella y, por muchas ilusiones que se hubiera hecho, estaba muy lejos de ocupar su corazón. Petra escondió el rostro contra la almohada y lloró.

Capítulo 8

PETRA se preguntó de qué ánimo estaría Lysandros cuando volviera a verlo en el desayuno. ¿Le diría algo acerca de lo que había pasado?

No podía haber estado más equivocada.

Él la saludó con alegría, con un beso en la mejilla. Bien podrían haber sido un par de enamorados disfrutando de unos días de vacaciones, sin nada de qué preocuparse.

—¿Qué te gustaría hacer?

—Me encantaría ir a Gastouri —dijo ella.

Se refería al pequeño pueblo donde estaba el Palacio de Achillion.

—¿Nunca has estado allí? —le preguntó él, sorprendido.

—Sí he estado, pero fue una visita rápida para buscar un material. Ahora tendré más tiempo para explorar.

Y a lo mejor así podía superar el dolor de sentirse rechazada.

El pueblo estaba a unos diez kilómetros hacia el sur. Había sido erigido sobre una colina y el palacio estaba en el punto más alto, mirando al mar. Aquél había sido el capricho de la emperatriz Isabel, dedicado al héroe griego. Su coraje, su carácter complicado y su terrible destino se reflejaban bien en la obra.

En cuanto entraron por la puerta del templo, Petra sintió una fuerza poderosa, vital, melancólica... Delante del edificio había una estatua de la misma emperatriz; una figura pequeña que miraba hacia abajo con una expresión triste, como si ya no le quedara nada de esperanza.

–Mi padre no la podía ver –dijo Lysandros–. Decía que era una mujer estúpida incapaz de controlarse.

–Encantador.

–Cuando mi padre me trajo a la isla, se empeñó en acompañarnos para enseñarme el lugar a su manera. Sólo me mostraba las cosas que quería que recordara, como ésta.

La condujo hacia una estatua de bronce que mostraba a Aquiles ataviado como un guerrero magnífico, con armadura, casco de metal y plumas en lo alto. En los protectores de las rodillas tenía grabados unos fieros leones. De uno de sus brazos colgaba un escudo, mientras que con la otra mano sostenía una lanza. Estaba situado sobre un pedestal, desde donde vigilaba a todos los visitantes y escudriñaba el horizonte.

–Cuánto desprecio –dijo Petra con tristeza–. Desde su pedestal jamás se fijaría en los simples mortales como nosotros que estamos aquí abajo.

–A lo mejor así es como Sisi quería retratarlo –sugirió Lysandros con un toque de ironía.

–Sisi no sabía nada –dijo Petra–. Después de su muerte, un hombre compró el palacio e hizo poner esa estatua aquí.

Él sonrió.

–Debí suponer que ya lo sabrías.

–Entonces tu padre quería que fueras así –dijo Petra, levantando la cabeza para contemplar el rostro de Aquiles.

–Jamás se hubiera conformado con menos.

Siguieron adelante, admirando los innumerables frisos y murales. Todas aquellas pinturas y estatuas evocaban un mundo legendario que, sin embargo, vivía en el presente. Lysandros podía hablar con desprecio de la admiración que su madre sentía por el héroe griego, pero ni siquiera él era inmune a la poderosa influencia que su historia de valor y hazañas suscitaba. Al entrar en el jardín se detuvieron frente a la estatua que representaba los últimos momentos de Aquiles. Yacía en el suelo y trataba de arrancarse una flecha del talón. Sin embargo, en el fondo sabía que era imposible. Su rostro se alzaba hacia el cielo, lleno de desesperación.

—Se ha rendido —dijo Lysandros—. Sabe que no puede escapar a su destino.

—A lo mejor no debería haberse dado por vencido —dijo Petra—. Nunca se debería aceptar la mala suerte como si fuera inevitable. Eso es de cobardes.

—¿Y cómo iba a evitarlo? Sabía que su destino estaba escrito desde el día en que nació. Siempre estuvo ahí, en su mente; su punto débil, escondido. Sin embargo, al final resultó que no estaba tan escondido, porque alguien lo había sabido siempre. No podemos esconder nuestras debilidades tan bien como creemos.

—Pero a lo mejor... —empezó a decir ella—. Si la otra persona es alguien de quien no tenemos nada que temer, alguien que no lo usaría en contra de nosotros...

—Eso sería el paraíso —dijo Lysandros—. ¿Pero cómo ibas a saberlo antes de que fuera demasiado tarde?

Caminaron durante un rato en silencio.

—¿Quieres ver algo más o nos vamos? —le preguntó él.

De camino a la casa, su estado de ánimo cambió para mejor. Compartieron una cena agradable, enfrascados en un acalorado debate.

—No tiene importancia, ¿verdad? —dijo él, cubriéndose los ojos con las manos, pero decidido a reivindicar su argumento—. Sé que no la tiene y sin embargo...

—Eres un desastre —le dijo ella con ternura—. No sabes cómo tratar con la gente, a menos que sean tus enemigos. De ellos te ocupas muy bien, pero no tienes ni idea de cómo tratar a los amigos. ¿Sabes qué necesitas?

–¿Qué?

–A mí. Alguien tiene que ponerte firme.

–¿Ponerme firme?

–Sí. Así que ya puedes ir haciéndote a la idea. A partir de ahora me ocupo de todo.

Él la miró un instante y frunció el ceño; tanto así que Petra se preguntó si no había exagerado un poco. Sin embargo, el gesto no tardó en transformarse en una dulce sonrisa.

–Muy bien –le dijo.

Ella sonrió de una forma que él no era capaz de entender y entonces buscó algo en el bolsillo. Rápidamente sacó un pequeño cuaderno de notas y un lápiz que siempre la acompañaban. Empezó a contar con los dedos y a hacer anotaciones.

–¿Qué estás haciendo?

–Calculando –le dijo ella–. ¿Sabes que hace exactamente dieciocho horas y veintitrés minutos desde que me hiciste el amor? –suspiró de forma teatral–. No sé. Algunos hombres hablan demasiado.

Antes de que él pudiera pensar en una respuesta, ella se levantó y echó a andar.

–Oye. ¿Adónde crees que vas?

–¿Adónde crees? –le dijo por encima del hombro mientras subía las escaleras.

Él la alcanzó casi al llegar arriba y llegó antes al dormitorio.

–Ven aquí –le dijo, tirando de ella y abrazándola con fuerza–. Ven aquí.

No fue un beso, sino un gesto de desesperación. Ella sabía que en cuanto aquellos labios tocaran los suyos propios, perderían el control. Se deseaban con locura y en sus mentes sólo había lugar para el deseo. La boca de Lysandros la quemaba y su lengua la invadía sin tregua.

–Mm, justo como esperaba –murmuró ella.

Él apretó los dientes.

—Has tirado de la cuerda y yo he dado un salto, ¿no?

—Eso me temo. Y ahora tienes otro problema más —apuntó ella.

—Sorpréndeme —dijo él.

—Soy una mala persona. De hecho, soy lo bastante mala como para levantarme ahora mismo e irme sin más.

Lysandros la agarró con fuerza.

—Ni se te ocurra.

Ella comenzó a reírse y se dejó tumbar en la cama. Él la hizo suya con determinación y ella todavía reía cuando el mundo explotó a su alrededor en un delirio de color.

Un momento después él la miró, sin aliento, enloquecido por el fragor de la batalla amorosa.

—Eres una... ¡No tiene gracia!

—Sí que la tiene. Oh, cariño, es muy fácil engañarte.

Él comenzó a moverse de nuevo, lentamente, haciéndola esperar, dejándole claro quién llevaba la voz cantante.

—¿También esperabas esto?

—No exactamente, pero esperaba... Oh, sí. Esperaba que hicieras justamente lo que estás haciendo ahora. Y una vez y otra vez y otra vez... Oh, cariño, ¡no pares!

De repente perdió la noción del tiempo y no supo cuántas veces él la llevó al clímax. Pero no tenía importancia. Todo lo que importaba era que él estaba a su lado, dentro de ella.

—Lo he vuelto a hacer, ¿no? —le preguntó él cuando recuperó el habla—. He vuelto a caer en tus redes. ¿Hay alguna forma de ir un paso por delante de ti?

Ella fingió considerarlo un momento.

—Creo que no, pero no querría que dejaras de intentarlo.

Lysandros se rió y Petra sintió su risa en la piel. Sólo de esa forma podía llegar a su corazón.

Los días siguientes fueron de ensueño. Pasaron mucho tiempo fuera, andando por la isla y bañándose en la playa. Las tardes y las noches las pasaban en casa, charlando y haciendo el amor. Sin embargo, ella sabía que aquello no duraría para siempre. Más tarde o más temprano tendría que enfrentarse a la parte de él que permanecía escondida, o de lo contrario no le quedaría más remedio que darse por vencida. Nunca le había hablado de aquella noche en la que lo había seguido hasta aquella misteriosa habitación. Desde entonces había vuelto allí en una ocasión, pero la puerta estaba cerrada, igual que la puerta de su corazón. Una noche se despertó y descubrió que estaba sola en la cama, otra vez. La puerta de la habitación estaba abierta y a lo lejos se oían ciertos ruidos. Rápidamente salió al pasillo justo a tiempo para verle doblar la esquina en dirección al dormitorio misterioso. Caminaba despacio, como un sonámbulo. Petra fue tras él y, al llegar a la escalera, se lo encontró en lo alto, inmóvil. Él se acercó a la puerta lentamente y entonces comenzó a golpearse la cabeza contra ella, como si tratara de borrar aquello que lo atormentaba a través del dolor. La joven lo observaba, horripilada. De repente había vuelto a ser aquel joven turbulento que había conocido en la infancia, golpeándose contra ella, buscando el olvido, huyendo de aquello que lo perseguía. Petra se dio cuenta de que aquellos quince años no habían pasado en realidad. En el fondo, él seguía siendo aquel chico sombrío y taciturno.

Sintió ganas de ir hacia él, pero entonces se detuvo. Él se dio la vuelta y se apoyó contra la puerta. La luz de la luna entraba por la ventana e iluminaba su rostro, mostrando una agonía difícil de contemplar. Permanecía quieto, con los ojos cerrados; la cabeza apoyada contra la puerta. De repente levantó los brazos y se cubrió la cara con ambas manos, como si tratara de protegerse de las Furias que lo atormentaban. Pero las Furias estaban en su interior. No había escapatoria posible. Ella fue hacia él rápidamente y le quitó las manos de la cara. Él se sobresaltó y la miró como se mira a un extraño.

–Está bien. Soy yo –susurró ella.

–¿Qué estás haciendo aquí?

–Vine porque me necesitas. Sí. Sí me necesitas –añadió sin dejarle hablar–. Crees que no necesitas a nadie, pero sí que me necesitas a mí porque yo te entiendo. Sé cosas que nadie más sabe, porque las compartiste conmigo hace mucho tiempo.

–No sabes ni la mitad.

–Entonces cuéntamelo. ¿Qué hay en esa habitación, Lysandros? ¿Qué te trae aquí? ¿Qué ves cuando entras?

Su respuesta la dejó perpleja.

–Nunca entro.

–Pero... Entonces, ¿por qué?

–No entro porque no puedo soportarlo. Cada vez que vengo, quiero encontrar el valor para entrar, pero nunca soy capaz –soltó una triste risotada–. Ahora lo sabes. Soy un cobarde.

–No.

–Soy una cobarde porque no soy capaz de enfrentarme a ella de nuevo.

–¿Ella está ahí? –preguntó Petra.

–Siempre estará ahí. ¿Crees que estoy loco? Bueno, a lo mejor. Vamos a verlo.

Abrió la mano y le ofreció la llave de la habitación. Petra la tomó y la metió en la cerradura. La giró lentamente y empujó. Las bisagras opusieron algo de resistencia, después de tanto tiempo sin moverse, pero finalmente cedieron. ¿Qué iba a encontrar al otro lado? El corazón de la joven latía desbocado. Todas las persianas de la estancia estaban cerradas y sólo unas finas líneas de luz se filtraban por los bordes. Poco a poco comenzó a distinguir las primeras formas. Aquella habitación era un homenaje al amor. Las paredes estaban llenas de cuadros que retrataban a los dioses griegos y recreaban las leyendas más afamadas. Boquiabierta, la joven miraba a su alrededor, reconociendo las escenas.

–Estos cuadros son muy conocidos. Botticelli, Tiziano...

–No te preocupes. No los hemos robado –dijo Lysandros–. Todos son copias. Uno de los antepasados de mi madre estaba empeñado en dejar un legado para la posteridad, así que se dedicó a contratar a artistas para que viajaran por toda Europa y copiaran las obras de los grandes; pinturas, estatuas... Probablemente reconozcas la estatua de Eros y Afrodita.

–Los dioses del amor.

–Su esposa era la que mandaba, así que convirtió esta habitación en un pequeño templo.

–Es maravilloso –dijo Petra–. ¿Estaban muy enamorados?

–No. Se casó con la pobre mujer por su dinero, y ésta fue la manera que ella encontró para hacer ver lo contrario.

–Qué triste.

–A veces el amor es triste, sobre todo cuando se destapan las mentiras y llegas a la cruda realidad.

Petra apenas le oyó. Sus propias sensaciones acaparaban toda su atención. Había algo de lo más inquietante en todo aquello, pero no sabía muy bien qué era. Al acercarse a una estatua de Eros, sintió un escalofrío.

–Su rostro... No veo bien, pero...

Lysandros abrió las persianas de repente y la estancia se llenó de un frío resplandor.

Petra respiró hondo, horrorizada. Eros no tenía rostro. Parecía como si se lo hubieran arrancado con un martillo. Sus alas yacían en el suelo. Miró a su alrededor y se dio cuenta de que las demás obras también estaban dañadas. Todas las estatuas habían sido mutiladas y los cuadros estropeados. Sin embargo, lo peor de todo era lo que le había ocurrido a la cama. Los postes habían sido destruidos, y el enorme dosel se había desplomado sobre el colchón. Alguien había atacado aquel templo dedicado al amor; alguien lleno de odio y furia. Y el lugar había permanecido así durante mucho tiempo, a juzgar por la gruesa capa de polvo que lo cubría todo.

–Me preguntaste si seguía aquí –dijo Lysandros–. Ha estado aquí desde la noche en que la traje por primera vez a esta casa, a esta habitación... Desde la primera vez que hicimos el amor. Siempre estará aquí.

–¿Estaba aquí cuando...?

–¿Cuando hice esto? ¿Cuando agarré el hacha y desfiguré las estatuas y los cuadros? ¿Cuando destrocé la cama en la que habíamos dormido, tratando de borrar todo rastro de lo que creía era amor?... No. No estaba aquí. Se había ido. No sabía dónde estaba y después... No la encontré hasta que murió, muy lejos de aquí –se volvió hacia la cama destartalada y observó el desastre con el rostro desencajado.

–Vamos. No hay nada más que hacer aquí –Petra lo hizo salir y cerró la puerta tras de sí. Sin decir ni una palabra más, lo llevó de vuelta al dormitorio y se acostó a su lado, abrazándole con fervor.

–Desde que estamos juntos aquí, he sentido cada vez más la necesidad de ir a la habitación, con la esperanza de ser capaz de entrar y expulsar a los fantasmas de una vez –le dijo, desesperado.

Petra no tenía la menor idea de lo que pasaba por su mente. Parecía que las cosas podían tomar cualquier rumbo. Había un terrible secreto que lo atormentaba y todo dependía de lo que pasara en los minutos siguientes.

De repente tuvo miedo.

Capítulo 9

TODO empezó cuando era niño, con las fantasías de mi madre acerca de Aquiles y su punto débil. Yo entendí muy bien lo de guardarse los secretos para uno, pero por aquel entonces sólo era pura teoría; no era más que un juego, y yo era muy joven. Tenía demasiado dinero y pensaba que podía comerme el mundo. Me imaginaba como el gran héroe griego, fuerte y vestido de armadura, pero la realidad era que no era más que una presa fácil para un ser manipulador y astuto.

–¿Ella era así? –preguntó Petra.

–Sí, aunque no se trataba tanto de ella como de los hombres que la rodeaban. Se llamaba Brigitta. Era pariente de Homer, pero eso no lo supe hasta mucho después. Nos conocimos por casualidad, o eso pensaba yo, durante unas vacaciones, esquiando. En realidad ella era una buena esquiadora, pero fingía no saber esquiar, y no hacía más que caerse, así que empecé a enseñarle y de alguna forma empezamos a vernos con frecuencia. Después dejamos de esquiar y empezamos a estar solos. Yo estaba en la luna. Jamás había conocido a una chica que fuera tan dulce, tan maravillosa, tan sincera... –respiró hondo y bajó la cabeza–. Yo me engañaba a mí mismo. Todo había sido una trampa. Ella se acercó a mí a propósito y yo mordí el anzuelo como un idiota. Incluso cuando descubrí quién era ella, no fui capaz de ver la trama que había detrás. La creí cuando me dijo que no me había dicho la verdad porque estaba verdaderamente enamorada de mí y no quería que yo sospechara de ella. ¿Cómo se puede ser tan estúpido?

–No fuiste estúpido. Si realmente la querías, es lógico que quisieras pensar bien de ella. Y eras muy joven...

–Tenía veintiún años, y por aquel entonces pensaba que lo sabía todo –dijo con amargura.

–¿Cuántos años tenía ella?

–Diecinueve. Era tan joven. ¿Cómo iba a sospechar de ella? Incluso cuando descubrí que usaba un nombre falso, y también que había preparado nuestro encuentro, incluso entonces la creí; creí que era inocente. Tenía que creerlo. Era lo más hermoso que jamás me había pasado.

Petra sintió una gran tristeza al pensar en aquel adolescente que tanto había sufrido. Nadie la hubiera creído si les hubiera dicho que el implacable Lysandros Demetriou había sido un joven inocente capaz de confiar ciegamente.

–¿Qué pasó?

–Hicimos planes. Íbamos a casarnos. Todo el mundo se alegró mucho. Por fin los enemigos de siempre iban a dejar atrás las viejas rencillas en pos de un bien mayor. Mi padre me aconsejó que retrasara el enlace. No las tenía todas consigo. Pero yo no quise escucharle. Vinimos a esta casa para estar solos y pasamos todo un verano aquí. Nunca conocí tanta felicidad como en aquellos días –esbozó una sonrisa amarga–. Pero en realidad no debería habérmelo creído. Todo era una ilusión creada por mi propia imaginación. Estaba ciego y me negaba a admitir lo evidente. Ella era una espía. No pudo averiguar muchas cosas, pero fue suficiente para que la familia Lukas nos sacara ventaja con un contrato muy lucrativo. Era evidente que la información provenía de ella. Había escuchado las conversaciones telefónicas que yo había mantenido y había tenido acceso a ciertos documentos. Por supuesto, ella lo negó todo al principio, pero no podía mantener la farsa durante mucho tiempo. Y me vengué.

—Bueno, es lógico. Si te sentías defraudado...

—No, fue mucho peor que eso. Fui cruel, brutal... Le dije cosas... Ella me suplicó que la perdonara. Me dijo que había empezado como espía, pero que al final había llegado a amarme de verdad...

—¿La creíste?

—No me atreví. Me burlé de ella. Si realmente se arrepentía de lo que había hecho, ¿por qué no me había avisado? Me dijo que había intentado echarse atrás, pero que Nikator la había amenazado con decírmelo todo. Decía que le había prometido dejarla tranquila si accedía a realizar un último trabajo para él, así que lo hizo.

—Pero Nikator tenía que ser un niño en aquella época.

—Tenía veinte años. Lo suficiente como para ser malvado.

—¿Pero fue él quien lo organizó todo? ¿Sabía lo bastante?

—No. Había otro hombre; un pariente lejano llamado Cronos. Al parecer el tipo llevaba un par de años en la empresa y todavía trataba de impresionar a los jefes. Un mal tipo... Nikator y él se entendieron a la perfección desde el primer momento. La gente que los conocía por aquel entonces decía que eran tal para cual. Cronos fue quien fraguó todo el plan y Nikator fue quien dio la cara.

—¿Cronos lo preparó todo? ¿No fue Homer?

—No. La verdad es que Homer es un tipo bastante decente, mucho mejor que las alimañas que suelen pulular por este mundo de los negocios. Cuando la bomba estalló, Homer echó a Cronos inmediatamente. Le dijo que se esfumara del mapa y Cronos, que sabía lo que le convenía, obedeció. Aunque no conozco los detalles de esta disputa familiar, es evidente que Homer se llevó una gran sorpresa con el comportamiento de Nikator. Ser implacable en los negocios es una cosa, pero involucrar a chicas inocentes es algo muy distinto. Nikator tenía a Brigitta en un puño y la obligó a hacer un último esfuerzo. Ella pensó que todo acabaría si lo hacía.

–Ni hablar –dijo Petra de inmediato–. Si la chantajeaba con algo, entonces nunca iba a dejarla en paz.

–Eso pienso yo también. Ella estaba en sus manos. Yo debería haberlo visto; debería haberla ayudado. Sin embargo, en vez de eso, me volví contra ella. No tienes ni idea de lo cruel que fui con ella... Le dije cosas... –suspiró–. No puedo decirte lo que le dije. No puedo decirte lo mucho que la herí.

–Ella te había engañado.

–No era más que una niña.

–Y tú también –dijo ella con firmeza–. Sea lo que sea lo que le haya pasado, ellos fueron los responsables; las personas que la manipularon, no tú.

–Pero yo debería haberla protegido de ellos –dijo él con impotencia–. Y no lo hice. Tuvimos una terrible discusión. Yo salí de la casa, furioso, diciéndole que la odiaba, que no quería volver a verla. Cuando regresé ya no estaba. Me había dejado una carta en la que me decía que me amaba y me pedía que la perdonara, pero no decía adónde se había ido.

Petra guardó silencio, pero le agarró la mano con más fuerza.

–No podía... No quería creérmelo al principio –siguió adelante con un hilo de voz, ronca y profunda–. Recorrí toda la casa, llamándola. Estaba convencido de que estaba escondida en alguna parte. Grité y grité. Le dije que podíamos encontrar una solución, que merecía la pena salvar nuestro amor.

–¿Y qué hiciste después? –le preguntó Petra, imaginando a aquel pobre adolescente, hincado de rodillas, llorando desconsoladamente.

–Creí que podía encontrarla y arreglar las cosas. Contraté a varios detectives. Eran los mejores, pero ni siquiera ellos pudieron encontrarla. Ella había borrado sus huellas muy bien. Contacté con la poca familia que le quedaba en el extranjero, pero al parecer llevaban mucho tiempo sin tener noticias de ella. Traté de hablar con Nikator, por si sabía algo, pero estoy convencido de que tampoco sabía nada. Se llevó un susto tan grande que me habría dicho la verdad si hubiera sabido algo... Al final, no me quedó más remedio que hacer frente a la verdad. Si había sido capaz de desvanecerse de esa forma, entonces debía de estar completamente decidida a no volver a verme. Sin embargo, eso tampoco me detuvo. Pasaron muchos meses, pero yo les dije que siguieran buscando. Al final recibí un mensaje de un hombre que decía haberla encontrado, pero no estaba seguro porque ella no hablaba ni reconocía a nadie. Fui a verla y... –Lysandros se estremeció.

Petra no cometió el error de hablar, sino que permaneció inmóvil, abrazándole.

–La encontré en una mugrienta habitación en un callejón, a cientos de kilómetros de aquí. La puerta estaba cerrada. La última vez que alguien había entrado allí, ella se había asustado tanto que la había cerrado a cal y canto. Tuve que darle una patada a la puerta para entrar. Estaba sentada en un extremo de la cama en un rincón, agarrando algo contra el pecho como si tratara de protegerlo. Al verme gritó y huyó de mí como si fuera su enemigo. A lo mejor así me veía entonces, o quizá era que no me conocía en absoluto.

Otro silencio.

–Al final se rindió y se dejó caer al suelo deslizándose contra la pared. Entonces me acerqué un poco y pude ver lo que tenía en los brazos –Lysandros le agarró el brazo con tanta fuerza que casi le cortó la circulación.

Petra cerró los ojos. Creía saber de qué se trataba y sólo podía rezar para estar equivocada.

–Era un bebé muerto –dijo Lysandros por fin.

–Oh, no –suspiró Petra, dejando caer la cabeza y apoyando los labios contra su cabeza.

–Era prematuro. Había escondido su embarazo, así que no recibió ninguna atención médica. Dio a luz sola y se quedó allí, aferrándose a su hijo muerto, sin dejar que nadie se acercara a ella. Llevaba muchos días así, temblando, muriéndose de hambre, llorando... Yo le supliqué que se calmara. Le dije que era yo, Lysandros, que la amaba, que nunca le haría daño, pero ella me dijo que me fuera porque tenía que alimentar al bebé. En ese momento debía de llevar varios días muerto, y estaba frío en sus brazos... Los dueños de la casa eran gente decente y buena, pero no podían hacerse cargo. Yo hice que la ingresaran en el hospital. Le di los mejores cuidados, sin escatimar en gastos. Quería que tuviera todo lo que el dinero podía dar. Iba a verla todos los días, siempre pensando que pronto se recuperaría, que pronto volvería a ser la de antes. Pero eso nunca ocurrió. Aunque se fuera recuperando físicamente, su mente divagaba y se alejaba de la realidad cada vez más. Ella parecía quererlo así. De todos modos, yo seguí esperando, sin perder la esperanza... Y entonces un día tuvo un ataque al corazón. Parece que fue una reacción adversa a un medicamento que le habían dado, pero los médicos me dijeron que ella no parecía tenerle mucho aprecio a la vida. Había dejado de luchar y sólo era cuestión de tiempo que... Yo estuve a su lado todo el tiempo, sujetándole la mano y rezando para que despertara. Cuando por fin despertó, le dije que la amaba y le supliqué que me perdonara.

–¿Y lo hizo?

–No lo sé. Sólo me dijo una cosa. Ya había aceptado que el bebé estaba muerto y me suplicó que la enterrara a su lado. Yo le di mi palabra y, cuando llegó el momento, mantuve mi promesa. Está enterrada con nuestro bebé en los brazos.

–Si te pidió algo así, entonces debió de reconocerte.

—Yo me he dicho lo mismo muchas veces, pero lo cierto es que bien podría habérselo pedido a cualquiera. Quiero pensar que me perdonó, pero ¿por qué iba a hacerlo? ¿Qué derecho tenía a pedir su perdón después de todo lo que le hice? Ella se fue huyendo de mí y se escondió de todo el mundo cuando más ayuda necesitaba. ¿Qué clase de vida tuvo? Los médicos me dijeron que sufría una desnutrición severa, lo cual había hecho mucho daño al niño. Por eso fue prematuro y por eso... murió... Mi hijo...

—¿No tienes ninguna duda...?

—¿De que era mío? Ninguna. Debía de estar de un mes cuando nos vimos por última vez. Tuve la posibilidad de hacerme un test para asegurarme de que era mío, pero yo me negué. Si me lo hubiera hecho, eso hubiera significado que no confiaba en ella, y no iba a manchar su memoria. Llevaba a mi hijo en su vientre cuando la abandoné.

—Pero tú no la echaste de tu lado.

—No. Yo quería que se quedara un tiempo más. Nuestra ruptura tenía que ser discreta y civilizada a los ojos del mundo —dijo él con sarcasmo—. Y todavía fui capaz de sorprenderme cuando regresé y encontré la casa vacía. Era un estúpido... Ella tuvo que enfrentarse sola a todo y los dos terminaron muertos.

—Pero no fue...

—Es culpa mía. ¿No lo entiendes? Yo los maté a los dos, a los dos. Yo los maté igual que si hubiera...

—No —dijo ella con determinación—. No seas tan duro contigo mismo.

—Tengo que serlo —dijo él con resentimiento—. Si no lo hago, ¿quién lo hará? Cuántas veces me he parado frente a su tumba, observando, esperando algo que jamás ocurrirá...

—¿Dónde está su tumba?

—Aquí, en el jardín. Hice que el párroco bendijera el

lugar y los hice enterrar allí a media noche. Después cubrí el lugar para que nadie pudiera encontrar la tumba por accidente... Y ahora sólo me queda mi miserable vida. De repente supe en qué me había convertido y me odié a mí mismo. Le dije a mi padre que no quería saber nada más del negocio y tomé el siguiente avión rumbo al extranjero. Tenía que salir de Grecia, escapar de lo que había hecho, escapar del monstruo en que me había convertido. Cuando te conocí llevaba dos años huyendo –se rió con tristeza–. Huyendo, como un criminal. Así me sentía. Me fui a Montecarlo, a Nueva York, a Los Ángeles, Londres, Las Vegas... A todos los sitios donde podía vivir al límite y dar rienda suelta a todos mis deseos. Viví una vida de excesos en todos los sentidos. Bebía sin control, jugaba, me levantaba a las tantas... Hice todo lo que pude para escapar de mí mismo, pero siempre había una oscura silueta esperándome al final del camino. Y esa siniestra figura era yo mismo... Y entonces, una noche, en Las Vegas... Bueno, ya sabes el resto. Tú me enseñaste otra cara de mí mismo, una imagen que no podía soportar, así que regresé a Grecia al día siguiente.

–No fui sólo yo. Tú estabas listo para ver las cosas desde otro ángulo. Si no hubiera sido así, yo no hubiera tenido nada que hacer.

–A lo mejor. No lo sé –esbozó una débil sonrisa–. Una parte de mí prefiere darte todo el crédito... Un ángel bueno, que impidió que tocara fondo y ahora...

–¿Ahora?

–No estoy ciego, Petra. Sé lo que soy. No soy la clase de hombre que la gente aprecia y quiere conocer. Me tienen miedo, pero hasta el momento no he tenido ningún problema con ello. Lo prefería de esa forma. Sin embargo, tú me enseñaste la verdad entonces, y de alguna manera has vuelto a hacerlo ahora. Durante años me he escondido dentro de mí mismo porque así me sentía más seguro. Mantenía a raya a la gente porque si no te permites el lujo de necesitar a nadie, no pueden hacerte daño. Pero a ti no puedo mantenerte a distancia porque has estado... ahí –se tocó el corazón–. Durante demasiado tiempo. Nunca le he dicho a nadie lo que te he dicho esta noche, y nunca volveré a decírselo a nadie. Ahora sabes todos mis secretos y me alegro, porque me he quitado un peso muy grande –apoyó la cabeza contra el pecho de la joven y ella derramó lágrimas sobre su cabello.

Durmieron durante un buen rato y se despertaron abrazados. La luz del día inundaba la habitación. Preocupada, Petra le miró fijamente, buscando algún rastro de la pena que lo había consumido un rato antes, pero él sonreía, tranquilo y relajado.

–¿No te arrepientes de habérmelo dicho?

Él sacudió la cabeza.

–No. Nunca. Ven conmigo.

Se vistieron y él la condujo al exterior.

Petra había visto el jardín desde las ventanas del piso superior y pensaba que era un simple matorral en estado de abandono. Hierbajos de todo tipo creían por doquier y ahora entendía por qué. Él la llevó hasta un lugar apartado situado debajo de un árbol y quitó algunas ramas y hojas. Debajo había una lápida sencilla con unas inscripciones.

–Me he parado aquí muchas veces para suplicar su perdón. ¿Qué voy a decirle de ti?

Petra guardó silencio. ¿Era posible? ¿Acaso Brigitta lo observaba desde la otra orilla del río Éstige, atrayéndolo, rogándole que cruzara al otro lado y que estuvieran juntos para siempre?

–No tienes que decirle nada de mí. Ella sabe que yo te quiero, igual que ella, y por ese amor te perdona. Esté donde esté, ahora entiende todo lo que no era capaz de entender antes y quiere que dejes de sufrir.

Petra observó con gran alivio cómo se trasformaba su rostro. Era como si él confiara ciegamente en ella, como si cualquier cosa que dijera fuera verdadera, por muy extraña o imposible que pareciera. Caminaron lentamente de vuelta a la casa y regresaron al dormitorio. Lysandros la besó con ternura, como si fuera la primera vez. Habían cruzado la frontera del amor y la confianza y ante ellos se extendía un terreno desconocido.

–Mía –susurró él–. Mía para siempre.

–Tuya siempre y cuando me quieras.

–Entonces será para siempre.

–¿Y tú eres mío también?

–Creo que he sido tuyo desde el primer momento. Mi corazón siempre lo ha sabido, pero me ha costado mucho tiempo admitirlo.

Se acostaron en la cama, abrazándose, tocándose... Él se lo debía y quería compensarla por toda la dureza del pasado. Puso sus labios allí donde había moratones y la besó con sumo cuidado.

–Ahora estoy bien –dijo ella–. Me has cuidado tan bien.

–Y siempre lo haré –le dijo, deslizando los dedos sobre sus pechos desnudos, casi como si los estuviera descubriendo por primera vez, maravillado ante tanta belleza.

Petra sintió el calor de su lengua, acariciándola. Temblores la recorrían de arriba abajo.

Empezó a explorar aquel cuerpo fornido, arrancándole un gemido de placer.

–Haces magia –susurró él–. ¿Pero de dónde viene? ¿Eres una de esas sirenas?

–¿Quieres que lo sea?

–Sólo para mí. Ningún otro hombre puede oír ese canto de sirena. Y yo quiero oírlo para siempre.

Ella se volvió, le hizo acostarse boca arriba y se acostó sobre él, rozándole el pecho con los pezones.

–Los marineros lo oían siempre –le dijo–. Aquellos navegantes condenados sabían que sería lo último que oirían y, sin embargo, lo seguían, ¿no es así?

–Sí, porque al final nada más importaba. Nada más, excepto seguir ese canto adondequiera que llevara.

Ella sonrió.

–Un hombre aventurero –dijo ella, pensativa–. Eso me gusta. Voy a mostrarte lugares donde nadie ha estado jamás.

–Iré a cualquier sitio contigo, siempre y cuando estemos juntos.

Se tumbó sobre ella y le hizo el amor. Petra se sentía completa, llena de amor.

–No –le dijo cuando todo terminó–. No me dejes.

–Jamás te dejaré –dijo él–. Mi cuerpo nunca te dejará, ni mi corazón. Soy tuyo. ¿Lo entiendes? Tuyo para siempre.

–Mi amor...

–Ojalá pudiera encontrar las palabras para decirte lo que significa para mí haber encontrado a alguien de quien no tengo que dudar. Es más que felicidad. Es como si me hubieran liberado.

–Ten cuidado –dijo ella–. Soy humana. No soy perfecta.

–Tonterías. Eres perfecta –dijo él, riendo.

–Yo jamás te traicionaría, pero sí podría cometer algún error. Por favor, no me pongas en un pedestal.

–No podría creerte mejor de lo que ya eres. Eres perfecta; sincera y honesta, y además tienes lo que hace falta para hacerme feliz.

Petra se dio cuenta de que no había término medio con Lysandros. O era todo o nada. La tierna inocencia con la que se ponía en sus manos la hacía sentir ganas de llorar.

En silencio rezó para no defraudarlo nunca, porque sabía que eso lo destruiría.

Capítulo 10

AL DÍA siguiente la llevó a la playa.

—Pero no es la misma de la otra vez –le dijo–. Ésta está en un pueblo pesquero. Por lo menos estaba ahí cuando esta isla vivía de la pesca. Ahora se dedican más bien al turismo. Ya es hora de que conozcas a mis amigos.

Sus amigos resultaron ser una familia de pescadores que lo recibieron como a un viejo amigo. Había decenas de ellos; maridos, esposas, hijos, hijas, primos, sobrinas, sobrinos... Todos sonreían y le trataban como a uno más de la familia.

—Mi madre me trajo aquí en unas vacaciones cuando era un niño –le explicó él–. Yo me escapé para explorar un poco, me perdí y esta familia me rescató. Desde entonces hemos sido muy buenos amigos.

—Un día, hace muchos años... –le dijo el patriarca de la familia un rato después. Kyros la había obsequiado con su confianza desde el principio–. Lo encontramos vagando solo por la playa. No sabíamos que iba a venir. No nos había dicho nada, ni había venido a la casa. Después nos dijo que tenía intención de visitarnos, pero que había llegado a primera hora de la mañana. La playa estaba desierta y había decidido dar un paseo. Cuando nuestro amigo lo vio, llevaba más de tres horas caminando. Yo fui a buscarle y caminé con él un rato, pero no quería volver a casa conmigo. Y entonces mis hijos tomaron el relevo y siguieron caminando a su lado, toda la noche, arriba y abajo, desde una punta a otra. Era

como una máquina, y no hablaba excepto para emitir
gruñidos. Al final comenzó a aminorar el ritmo y logra-
mos convencerlo para que viniera con nosotros. Hicimos
que se acostara en la cama y durmió durante dos días
seguidos.

–¿Alguna vez le dijo por qué se había comportado
así? –le preguntó Petra.

–Creo que no lo sabía muy bien. Parecía perdido en
otro mundo, uno que no podía o no quería recordar. Pre-
ferimos no insistir mucho. Era nuestro amigo, y estaba
en problemas. Eso era todo lo que necesitábamos saber.
Sí que le sugerimos que viera a un médico, pero él dijo
que nosotros habíamos sido sus médicos y que no necesitaba a ningún otro. Nunca he vuelto a verlo así, y
quiero pensar que conseguimos hacer que se sintiera un
poco mejor. Eso espero, en cualquier caso. Es un hombre muy bueno.

Más tarde, la joven también tuvo oportunidad de
charlar con Eudora, la esposa de Kyros.

–Eres la única mujer que ha traído aquí –le susurró
la señora al oído–. Es por eso que todo el mundo te mira
así. No le digas que te he dicho nada.

Satisfecha, Petra asintió con la cabeza, como si se
tratara de un pequeño milagro.

Por la tarde salieron a navegar en el barco de la familia. Tumbada en la proa, con el traje de baño puesto,
Petra se decía que la vida no podía ser mejor. Respiró
profundamente, miró hacia el cielo y después a su alrededor. En el otro extremo del barco Lysandros y Kyros
conversaban animadamente, riendo de vez en cuando
como dos buenos amigos.

De repente la joven creyó ver algo y entonces par-
padeó, sin saber muy bien qué había sido. ¿Acaso se estaba volviendo loca? Kyros la había mirado con disi-
mulo y había dicho algo.

«¿Es ella... por fin?», parecían haber dicho sus labios, dirigiéndose a Lysandros. Y éste parecía haber asentido.

«Estoy delirando...», se dijo Petra. «No puedo haberle leído los labios a esta distancia».

Volvió a mirarles una vez más y entonces se los encontró mirándola fijamente.

Rápidamente se puso en pie y se tiró al agua para que no la vieran sonrojarse. Lysandros se zambulló tras ella.

–Cuidado. Está muy profundo aquí –le dijo, sujetándola.

Ella se agarró con fuerza y él la atrajo hacia sí, estrechándola entre sus brazos y besándola mientras se mantenía a flote. A sus espaldas podían oír los gritos y aplausos provenientes del barco.

Al volver a la casa, tomaron una buena cena y se dispusieron a bajar al pueblo para disfrutar de las fiestas. Lysandros bailaba tan bien como cualquiera de ellos y las chicas hacían cola para bailar con él. Sus jóvenes maridos y novios contemplaban la escena con ojos serios y resignados. Finalmente Lysandros les lanzó un beso a todas y entonces extendió los brazos en dirección a Petra, invitándola a la pista de baile.

–Baila conmigo –murmuró–. No quiero que me corten el cuello.

La estaba exhibiendo en público; quizá solo para reafirmarse o simplemente porque estaba un poco borracho. Sin embargo, a Petra le daba igual.

–Deberíamos irnos –le dijo él después de bailar con ella durante un buen rato–. El problema es que ese vino que sirve Kyros es... Bueno... –se desplomó en una silla.

–Y todos están tan borrachos como tú. Incluso yo –dijo ella.

–Yo no –dijo un joven; el primogénito de la familia, sacerdote y sobrio–. Yo puedo llevaros a casa.

–Te pagaré el taxi de vuelta a casa –dijo Lysandros medio adormilado.

De camino a casa, sentados en el asiento trasero, él apoyó la cabeza en el hombro de ella, con los ojos cerrados. Cuando por fin llegaron, el sacerdote se dio la vuelta y sonrió.

–Nunca lo he visto tan contento –le dijo a Petra–. Enhorabuena.

Ella no preguntó a qué se refería exactamente. No era necesario. Estaba tan feliz por él.

Lysandros se despertó lo bastante como para darle un pequeño montón de billetes.

–Con eso tendrás suficiente para el taxi. Lo que sobre, para el cepillo.

Los ojos del sacerdote estuvieron a punto de salírsele de las cuencas cuando vio la cantidad.

–¿Pero sabes cuánto me has...?

–¡Buenas noches! –Lysandros ya iba camino hacia la puerta.

Nada más entrar en la habitación se tumbó en la cama y Petra lo desvistió lentamente.

–Te crees un sultán... Atendido por tu harén –le dijo cuando terminó.

Él abrió un ojo.

–Me pareció buena idea demostrarte que puedo ser tan malo como cualquier otro hombre que baila con una docena de mujeres, bebe hasta perder el sentido y deja que su esposa lo atienda y lo sirva. Buenas noches –dio media vuelta y se acostó de espaldas.

Petra se quedó allí mirándole durante unos segundos, preguntándose si al día siguientes se acordaría de que la había llamado «esposa».

Durmió hasta tarde esa mañana; algo inusual para él. Petra se levantó, preparó café y cuando regresó lo encontró recostado contra la almohada, con un brazo detrás de la cabeza y una mirada pícara en los ojos. Petra lo miró de arriba abajo y se dio cuenta de que la picardía no estaba sólo en sus ojos. Estaba listo y preparado para compensarla por la noche anterior.

Sin embargo, ella decidió no darle el gusto en ese momento. Se tomó el café tranquilamente, se quitó el camisón de seda que llevaba puesto, y entonces empezó a pulular por la habitación, buscando pequeñas cosas que hacer y exhibiéndose ante sus ojos hambrientos.

—¿Por qué haces eso?

—Bueno, pensé que alguno de los dos tenía que recoger un poco —dijo ella en un tono inocente.

—¡Ven aquí!

Sin perder más tiempo, corrió a la cama y lo estrechó entre sus brazos.

—Déjame amarte —le dijo ella.

—Siempre y cuando tú me ames para siempre.

—Lo haré. Siempre.

Él iba a decir algo más, pero ella lo hizo callar con un beso. Comenzó a acariciarle lentamente hasta arrancarle un gemido de placer.

—Puedo ser muy cruel a la hora de expresar mis deseos —le susurró ella contra los labios.

—Te creo —dijo él, jadeando.

—Crees que me conoces, pero todavía no sabes de lo que soy capaz.

—¿Entonces por qué no me lo enseñas?

Ella empezó a explorar su cuerpo un poco más, alcanzándole la entrepierna, en donde su deseo crecía cada vez más, incontrolable.

—¿Así?

—Así.

Los dedos de Petra se cerraron alrededor de su objetivo y se deleitaron palpando su tamaño. Un momento después se puso sobre él y lo hizo suyo a su manera. Tenía la sensación de que podía hacer cualquier cosa que quisiera. Todo estaba bien porque estaban juntos y sus cuerpos y corazones bailaban en sincronía.

—Qué bien —dijo ella cuando todo terminó, satisfecha.

—¿Qué bien? —gruñó él—. ¿Eso es todo?

—¿Alguna sugerencia?

—Oh, sí. Tengo muchas sugerencias. Ven aquí...

Cuando el teléfono de Lysandros comenzó a sonar él lo miró durante un buen rato antes de contestar.

—Supongo que tengo que contestar.

—Me sorprende que lleves tanto tiempo sin hablar por teléfono. De hecho, me sorprende que no haya sonado hasta ahora.

—Les di instrucciones muy estrictas para que no me molestaran a menos que fuera algo muy urgente. Linos, mi asistente, es excepcional. Sólo me ha llamado un par de veces. Yo le he dado instrucciones para que se las arreglara sin mí y de momento no lo ha hecho nada mal. Pero imagino que...

—Tenemos que volver al mundo real.

Él le dio un beso.

—Después de esto, el mundo real va a ser muy diferente —contestó al teléfono—. ¿Sí? ¿Linos? Oh, no. ¿Qué ha pasado? Muy bien. Muy bien. Vamos por partes.

Triste pero resignada, Petra subió al piso superior y empezó a hacer las maletas. La vida de ensueño no podía durar para siempre, y era el momento de probar si las cosas podían funcionar en el mundo real.

—He llamado al aeropuerto —dijo cuando apareció Lysandros—. Hay un vuelo a Atenas dentro de dos horas.

Él suspiró y la estrechó entre sus brazos.

—Ojalá hubieras dicho «dentro de un par de años», pero supongo que tenemos que tomarlo. Hay una reunión importante a la que no puedo faltar.

–Tenía que ocurrir en algún momento –dijo ella–. La llamada a la guerra. Te necesitan en el frente.

–Es curioso que eso ya no suene tan bien como siempre. Pero tú estarás conmigo y podemos empezar a hacer planes.

Ella hizo una mueca.

–¿Planes para qué?

Él apoyó la frente contra la de ella.

–Planes para el futuro, y si tengo que explicártelo, he estado perdiendo el tiempo últimamente. Por desgracia, éste no el momento para hablarlo, pero creo que sabes a qué me refiero.

Matrimonio... Petra sintió un cosquilleo en el vientre.

Lo acompañó al último piso y estuvo una vez más en la habitación destrozada que una vez había compartido con Brigitta. Sin embargo, prefirió no acompañarlo a la tumba.

–Tienes que despedirte de ella solo –le dijo con dulzura–. Si yo estoy ahí, no será igual para ella.

–¿Cómo puedes hablar así? –le preguntó él, sorprendido–. Como si fuera real para ti, como si la hubieras conocido y hablado con ella.

–Dicen que nadie vuelve del otro lado del río Éstige –murmuró ella, hablando del torrente que separaba la Tierra de Hades, el infierno–. Pero me pregunto si... Si alguien tiene algo muy importante, un mensaje que trasmitir... Bueno, digamos que creo que alguna parte de ella todavía sigue ahí. Pero ella quiere hablar contigo a solas. No hay lugar para mí allí.

–¿Quieres decir que no vas a volver a esta casa conmigo? –le preguntó él, frunciendo el ceño.

–No creo que ella quiera que vuelva. Éste es su hogar. Tú y yo podemos tener nuestro propio lugar en otra parte. Este sitio le pertenece, y debes conservarlo en su memoria.

Aquellas palabras fueron como un bálsamo para Lysandros. La besó y se alejó por el jardín, dando gracias por haberla encontrado.

La mansión de los Lukas vibraba de expectación con las últimas noticias. Los recién casados estaban a punto de volver de su luna de miel.

–Va a haber una fiesta por todo lo alto –dijo Aminta, entusiasmada–. Va a venir todo el mundo, la prensa, la televisión...

–¿Algún invitado? –preguntó Petra de broma.

–Los más distinguidos –dijo Aminta.

–No, me refería a invitados de verdad, amigos, personas allegadas... Aunque la prensa no haya oído hablar de ellos.

Aminta la miró fijamente, confundida. Era evidente que después de tantos años al servicio de un magnate de la industria naval había perdido la capacidad de entender el concepto de la amistad.

Petra soltó una carcajada y siguió de largo. Nada más llegar a su dormitorio, sonó el teléfono. Era Estelle.

–Os han visto juntos a Lysandros y a ti en Corfu, saliendo a navegar y paseando por las calles. ¡Vamos, dímelo todo!

–No hay nada que decir.

–¡Mm! Las cosas están así, ¿no? Lo invitaremos a la fiesta y veremos si hacéis buena pareja.

–Le advertiré que no venga.

–No lo harás. Lo sabes –riéndose a carcajadas, Estelle colgó.

La siguiente llamada fue de Lysandros. Llamaba para decirle que tenía que volver a Piraeus.

–Así que pasaremos unos cuantos días sin vernos –le dijo con un suspiro.

–Sólo asegúrate de volver para la gran fiesta la semana que viene. Ya verás la que nos va a caer encima.

Él se rió.

–Te prometo que allí estaré. No sé cómo voy a soportar estar lejos de ti.

–Siempre y cuando vuelvas...

Después de colgar, se sentó y esbozó una sonrisa.

La imagen del espejo le mostraba a una joven feliz y ilusionada.

–Parezco una idiota –dijo, riéndose–. Me siento como una idiota. Así que supongo que debo de ser una idiota. Pero no me importa. No sabía que podía haber tanta felicidad en el mundo.

Unos pasos se acercaban por el pasillo.

De pronto la puerta se abrió de par en par y allí estaba Nikator, con los ojos brillantes y la cara roja. Petra supo que se avecinaban problemas.

–Hola, hermano querido –le dijo ella, radiante.

–No me digas eso. ¡Oh, Petra, no me digas eso!

Se hincó de rodillas a su lado y la agarró de la cintura. Petra tuvo que hacer un gran esfuerzo para no rechazarle. La última vez que se habían visto había sido dos semanas antes, justo antes del viaje a Corfu. Él le había suplicado que no se fuera y entonces se había molestado al ver que no había nada que hacer. Le había preguntado adónde iba con mucha insistencia, pero ella se había negado a decírselo.

–¿No quieres que te llame «querido hermano»? Muy bien, no lo haré, sobre todo porque estoy enfadada contigo. ¿Cómo pudiste decirle a Lysandros que nos habíamos ido juntos a Inglaterra?

Él alargó el brazo y la agarró con fuerza. Petra trató de resistirse, pero se encontró con una fuerza inusitada debajo de aquellos movimientos infantiles.

–No pude evitarlo. Te quiero tanto que no soy capaz de controlar mis acciones. Quería salvarte de Demetriou...

–Pero yo no quería que nadie me salvara. Le quiero. Tienes que entenderlo. Le quiero a él, no a ti.

–Eso es porque no sabes cómo es en realidad. Crees que lo conoces, pero no es así. Te crees todo lo que te dijo de Brigitta, pero ella no tenía que haber muerto. Si él no la hubiera tratado sin piedad, no hubiera estado sola cuando...

Se incorporó y se sentó a su lado sobre la cama, agarrándola de los hombros.

–Te ha engañado. Sólo te quiere porque eres mía. Siempre tiene que arrebatarme todo lo que es mío. Siempre ha sido así.

–Nikki...

–No sabes lo que ha sido... que te digan una y otra vez que la familia Demetriou tiene mucha suerte porque tienen un hijo capaz de tomar las riendas. Mi padre, en cambio, sólo me tenía a mí. Todo el mundo lo admira porque es despiadado y cruel y somete a todos los que le rodean. Pero yo no soy así. Yo no puedo ser brutal.

–Pero sí eres muy astuto, ¿no? ¿Por qué no maduras de una vez? A veces te comportas como un crío.

–No me llames eso –gritó–. No soy un crío. Te lo demostraré.

Petra trató de empujarle, pero él la agarró con violencia. Se puso en pie, la tiró sobre la cama y se tumbó encima de ella. Un momento después trataba de besarla a la fuerza e intentaba meterle la lengua entre los labios. Forcejeando, Petra apartó la cara y trató de cubrirse la boca.

–Quítate de encima –le dijo, retorciéndose–. ¡Nikki! ¿No me escuchas? ¡Quítate!

–No luches contra mí. Déjame amarte. Deja que te salve.

Con un último empujón logró zafarse de él, tirándole al suelo. Un segundo después corría hacia la puerta.

–¡Fuera y no vuelvas más por aquí! –le gritó, abriendo la puerta de par en par.

Nikator no se rindió tan fácilmente, sino que trató de lanzarse a por ella una vez más. Rápidamente Petra sacó una rodilla hacia delante y le asestó un golpe fulminante allí donde más dolía. El hijo de Homer soltó un gruñido y se dobló de dolor. Agarrándose la entrepierna, se escabulló por la puerta como una alimaña, atrayendo las miradas de las sirvientas en el pasillo.

–Te vas a arrepentir de esto –le dijo, incorporándose por fin y echando chispas por los ojos.

–No tanto como te arrepentirás tú si vuelves a molestarme.

Él la miró con desprecio y siguió adelante.

–Gracias, señorita –dijo una de las empleadas.

Petra regresó a su habitación y trató de calmarse. Sabía que Nikator podía ser muy desagradable, pero jamás hubiera imaginado que fuera capaz de llegar a hacer algo así.

En su agitación, sin embargo, no reparó en un pequeño detalle. ¿Cómo sabía Nikator que Lysandros le había hablado de Brigitta?

Capítulo 11

DOS DÍAS más tarde, Homer y Estelle regresaron a la casa por todo lo alto, bajo la atenta mirada de muchos corresponsales de prensa y los flashes de las cámaras. Los preparativos para la fiesta comenzaron de inmediato, pero Aminta tenía ciertos problemas domésticos de los que ocuparse. Nikator había hecho algunas acusaciones en contra de las sirvientas. Éstas habían ido en busca de Petra y ella les había ofrecido su ayuda.

—Lo siento, Homer. No quiero discutir ni contigo ni con tu hijo, pero Nikator cojeaba cuando se fue y me temo que las empleadas lo vieron. Es evidente que está resentido con ellas.

Homer era un hombre inteligente y conocía muy bien el lado oscuro de su hijo, así que le dio las gracias y obligó a Nikator a disculparse. Sorprendentemente, éste se sometió a la voluntad de su padre con docilidad y le ofreció sus más sentidas disculpas.

—Eso quiere decir que ahora es más peligroso que nunca —le dijo Lysandros cuando Petra le habló del incidente durante la cena—. Cuanto antes salgas de ese lugar, mejor. Mientras tanto, trataré de hablar con él.

—No, por favor. Soy perfectamente capaz de hablar con él yo misma. Sólo me preocupa que te cuente alguna mentira, que te diga que hay algo entre él y yo...

—¿Y tú crees que seré lo bastante estúpido como para creerle? —exclamó Lysandros en un tono serio—. Creía que me tenías en mejor estima.

Los días pasaron rápidamente y Nikator pareció calmarse un poco. Un día, sin embargo, Petra se lo encontró contemplando un cuadro de las Furias que había comprado para su padre.

—El caso es que ellas nunca se rinden –le dijo–. Una vez se lanzan a por ti, te persiguen para siempre.

Petra no le contestó, pero no pudo evitar preguntarse si aquello era una advertencia o una amenaza...

El gran día llegó rápidamente. La fiesta de Homer y Estelle iba a ser el acontecimiento de la temporada y todas las estrellas del celuloide iban a estar allí.

—A lo mejor cuando Lysandros y tú estéis comprometidos, las cosas serán un poco más fáciles –le dijo su madre–. Entonces Nikator no tendrá más remedio que aceptarlo. Pero no tardéis demasiado. Puede que sea lo mejor para todos –añadió.

El hijo de Homer había desaparecido y no parecía tener intención de asistir al evento.

—Pero Lysandros es el enemigo aquí, ¿no? –preguntó Petra.

—Es un rival, no un enemigo. A Homer le encantaría que las dos familias pudieran unirse.

—¿Y qué pasa con Nikator? Estoy segura de que Homer no dejaría fuera a su hijo –dijo la joven.

—No lo dejaría fuera de su vida o de su corazón, pero sí lo dejaría fuera del negocio. Podría comprarle un salón de juegos o algún otro negocio colateral que no ponga en peligro los astilleros.

Aquello parecía la solución perfecta, pero Petra se preguntaba si Nikator estaría dispuesto a renunciar a lo que era suyo así como así. Cansada de preocuparse, se dedicó a prepararse para la velada que estaba por venir. Había escogido un vestido de satén azul, tan oscuro que casi parecía negro. Era una pieza muy ceñida, que enfatizaba su silueta perfecta, sin llamar demasiado la atención.

Un rato más tarde estaba en el gran salón, viendo

acercarse a Lysandros, tan apuesto y elegante como siempre. Primero saludó a Homer, quien lo recibió con entusiasmo. Y luego fue hacia ella. La tomó del brazo y siguió con los saludos, exhibiéndola con orgullo allí donde iba. Todo el mundo tuvo oportunidad de verlos como pareja.

–¿Te ha dicho alguien en qué están pensando? –le susurró al oído mientras bailaban.

–Estaban haciendo cola para contármelo –dijo ella con una risotada–. Nos vieron en Corfu. Estelle dice que nos vieron juntos, en el coche y también en el barco.

Él se encogió de hombros.

–Son lugares públicos. Es inevitable. Cuando nos casemos, supongo que también lo haremos en público –sonrió–. Por lo menos, la primera parte...

–¿Oh, en serio? No recuerdo que nadie se me declarara.

–Se te han declarado prácticamente cada minuto en los últimos días y lo sabes –dijo él firmemente–. Sirena –añadió en un susurro, acariciándole la mejilla con el aliento–. ¿No me vas a dar una respuesta?

–Tuviste una respuesta la primera vez que hicimos el amor. Y ni siquiera me lo habías pedido.

–Pero ahora te lo he pedido y me has dado una respuesta, así que podemos decírselo.

–¿Decírselo a toda esta gente? Pensaba que no querías ser el centro de todas las miradas.

–Siempre y cuando vean lo que yo quiero que vean, no me importa. Si quieren verme salir con la mujer más hermosa, podré soportarlo –la agarró con fuerza por la cintura y la hizo girar una y otra vez hasta que la multitud comenzó a aplaudir.

Más tarde Petra recordaría muy bien ese momento porque fue el último de auténtica felicidad.

El desastre acababa de entrar por la puerta. Nikator llevaba una sonrisa fría y tensa en los labios, pero, aun así, Petra no hubiera podido imaginarse lo que se avecinaba.

—¿Qué se trae entre manos? —preguntó al verle abrazar a Homer y a Estelle.

—A lo mejor trata de ganarse el perdón por haber llegado tarde —dijo Lysandros—. Haz como si no existiera, igual que hago yo.

Petra sonrió, tratando de demostrar tranquilidad.

—O mejor... Vamos a ponerle bien en su sitio.

Antes de que supiera lo que iba a hacer, la atrajo hacia sí y le dio un beso apasionado y contundente que no dejaba lugar a dudas; una auténtica declaración de intenciones.

—Que haga lo que quiera. Nada puede afectarnos ahora.

Petra recordaría esas palabras durante mucho tiempo.

—¡Ah! ¡Qué bonito es el amor! —exclamó Nikator en un tono corrosivo.

Su padre fue tras él y le puso una mano sobre el hombro, pero Nikator se la quitó de un manotazo.

—Déjame, padre. Hay cosas que decir y voy a disfrutar mucho diciéndolas —sonrió mirando a Lysandros—. Nunca pensé que llegaría el día en que podría reírme de ti. ¡Tú, de entre todos los hombres, engañado por una mujer!

—Déjalo ya, Nikator —dijo Lysandros—. No tiene sentido.

—Pero eso es justo lo más curioso de todo —dijo Nikator—. Lo fácil que ha sido engañarte aunque te escondieras detrás de esa excepcional armadura. Pero la armadura no llega hasta los talones, ¿no?

La pulla no pareció afectar a Lysandros.

—Y tu talón de Aquiles es que creías en ella —dijo Nikator, señalando a Petra con el dedo—. Eres demasiado estúpido como para darte cuenta de que ha estado jugando contigo.

–¡Oye! –gritó Estelle, dándole un golpe en el hombro–. Si estás sugiriendo que mi hija quiere casarse por dinero, déjame decirte...

–¡No se trata de dinero! ¡Sino de gloria! Cualquier cosa por una buena historia, ¿no?

–¿De qué demonios estás hablando? –preguntó Lysandros–. No hay ninguna historia.

–Claro que la hay. Es lo que ella hace. Su fama la precede. Siempre busca una nueva perspectiva que nadie puede conseguir. Y esta vez lo ha conseguido. Ya lo creo que sí.

Lysandros suspiró y sacudió la cabeza, haciendo un esfuerzo por no perder la paciencia. Sin embargo, todavía no era capaz de ver el verdadero peligro.

–No te reirás tanto cuando sepas lo que ha estado haciendo en realidad –dijo Nikator con burla–. Ha ido a ver a la prensa, les ha contado todos tus secretos, todo lo que le dijiste.

–¡Eso es mentira! –gritó Petra.

–Claro que es mentira –añadió Lysandros.

La sonrisa se había desvanecido de su rostro y su voz tenía el tono sombrío de un hombre que intentaba controlar sus emociones.

–Ten cuidado con lo que dices –le dijo a Nikator con frialdad–. No voy a permitir que trates de difamarla.

–¡Oh! ¿Crees que la estoy difamando? ¿Y entonces cómo sabe la prensa todo lo que le dijiste en el Palacio Achillion? ¿Cómo saben que le enseñaste la tumba de Brigitta? ¿Alguna vez se lo has dicho a alguien que no fuera ella?... No... Eso pensaba yo. Pero ella sí lo ha hecho.

–No he sido yo –dijo Petra, consternada–. Yo nunca... ¡No puedes creer una cosa así! –exclamó, dirigiéndose a Lysandros.

–Claro que no –dijo él, dándose la vuelta.

Sin embargo, su actitud ya no era la de unos minutos antes. Estaba tenso y nervioso, pensando en lo que Nikator había dicho. Además, sólo ellos dos sabían lo que él le había confiado aquel día frente a la tumba de Brigitta.

–Ya es hora de que veas esto –dijo Nikator. Se inclinó y recogió una bolsa del suelo. Nadie había reparado en ella hasta ese momento. Empezó a sacar periódicos y a distribuirlos entre la multitud curiosa.

La verdad sobre Aquiles: cómo le hizo hablar, decía el titular.

El artículo contaba la historia de la conocida historiadora Petra Radnor, autora del aclamado libro *Héroes griegos del pasado*. La obra había sido un gran éxito y ya estaban preparando una segunda edición. Sin embargo, esa vez ofrecerían una versión ampliada en la que la señorita Radnor establecería una comparación entre las viejas leyendas griegas y los griegos modernos para ver si esos hombres estaban a la altura de sus antepasados. Según el artículo en esos momentos la historiadora estaba trabajando en la figura de Aquiles. A continuación daban una descripción detallada de las últimas semanas; su primer encuentro en la boda de Homer con Estelle...

La señorita Radnor hizo uso de todos sus encantos para atraer a su presa..., decía el reportaje.

La noche que habían pasado juntos bailando en la calle, la visita a Corfu, donde el Aquiles moderno había enterrado a su viejo amor...

Petra no podía creerse lo que veían sus ojos; cada una de sus palabras estaba perfectamente documentada y reproducida en el artículo. Aquiles había caído en la trampa de una astuta mujer que siempre había ido dos pasos por delante. Ése era el mensaje de la publicación.

Homer contemplaba la escena con el ceño fruncido, escandalizado. Los invitados, en cambio, intercambiaban miradas y trataban de disimular la risa. La mayoría temía reírse abiertamente, pero los más jóvenes no eran capaces de contenerse.

–Ni siquiera tú –dijo Nikator– eres tan listo como te crees. Pensabas que lo tenías todo bajo control, ¿no? Pero ella te tenía en sus manos y ¡menuda historia va a sacar de todo esto, Aquiles!

Lysandros permaneció impasible. Parecía que se había vuelto de piedra.

–Aunque tú tampoco has sido tan lista, querida hermanita.

Estelle dejó escapar un pequeño grito y Homer agarró a su hijo.

–Suficiente. Fuera de aquí inmediatamente.

Pero Nikator volvió a zafarse de él con violencia. Poseído por una furia incontenible, se atrevía a desafiar incluso a su padre. Se acercó a Petra con gesto amenazante.

–Es un tonto por haber creído en ti, pero tú también eres una idiota por haber creído en él. En estos momentos hay más de cien mujeres en esta habitación que confiaron en él y se dieron cuenta de su error cuando ya era demasiado tarde. Tú sólo eres una más en la lista.

–No, Nikator. Eso no es cierto –dijo ella–. Sé que quieres creerlo, pero no es así.

–Estás ciega –dijo él con desprecio.

–No. Eres tú el que está ciego.

–¿Es que no lo ves? –le preguntó él.

–Sí que puedo ver, pero son tus ojos los que te engañan en este momento. Lo que importa no es lo que ellos te muestren, sino lo que te diga tu corazón. Y mi corazón me dice que éste es el hombre en el que confío sin reservas –levantó la cabeza y habló en alto–. Lo que diga Lysandros es verdad para mí –se acercó a él y le agarró la mano. Estaba fría como el hielo–. Vámonos. Éste no es nuestro sitio.

La multitud se partió en dos para abrirles paso y así avanzaron entre la gente hasta salir al exterior. Los invitados seguían mirándolos, ya casi en silencio; un silencio terrible y cargado de mofa.

Siguieron caminando sin parar hasta llegar a la zona más oscura de la finca. Por allí sólo había unas pocas personas que se apartaron en cuando los vieron acercarse. Quizá tuvieran miedo, o quizá creyeran que eran dos fantasmas.

Se detuvieron cuando llegaron a un pequeño puente de madera que atravesaba un río. Los dos contemplaban el torrente de agua, mirando al frente.

—Gracias por haber dicho que confiabas en mí —dijo él al final en un tono de desesperación.

—Sólo fue lo que tú me dijiste en un principio —dijo ella—. Y creí que era el momento oportuno para agradecértelo. Lo dije de verdad, igual que tú en aquella ocasión. Nikator miente... Sí. Es cierto que publiqué un libro, hace muchos años, pero yo misma te lo dije, y también te hablé de la reedición.

—¿Y la nueva versión?

—Sabía que estaban pensando en volver a sacarlo, pero no se trata de lo que dice Nikator. Lysandros, no puedes creer todas esas mentiras sobre mi investigación sobre Aquiles. Yo no te he utilizado para conseguir ningún propósito. No es cierto. Juro que no lo es.

—Claro que no —dijo él tranquilamente—. Pero...

Casi se podía palpar el silencio, lleno de espinas.

—¿Pero? —repitió ella, resistiéndose a creer las sospechas que se agolpaban en su mente.

—¿Cómo descubrieron todo lo que dijimos? —preguntó él en un tono de agonía—. Eso es todo lo que quiero saber.

—Y yo no puedo decírtelo porque no lo sé. No fui yo. A lo mejor había alguien justo detrás de nosotros en el palacio.

—¿Alguien que sabía dónde estábamos? ¿Y la tumba? ¿Cómo saben lo que hablamos frente a la tumba?

—No lo sé —susurró ella—. No lo sé. Nunca le he dicho nada a nadie. Lysandros, tienes que creerme —lo miró a

los ojos–. ¿No ves que hemos llegado a una encrucijada?
Aquí es. Aquí es donde vamos a averiguar si significa
algo. Te estoy diciendo la verdad. Nadie en este mundo
me importa más que tú, y yo nunca, nunca te mentiría.
Por el amor de Dios, dime que me crees, por favor.

Un terrible silencio auguró lo peor.

–Claro –dijo él por fin, tartamudeando–. Te creo.

–No me crees –dijo ella, dolida–. Todo eso que dijiste acerca de confiar en mí... No eran más que palabras.

–No. Yo... ¡No!

–¡Sí!

–Quería decirlo de verdad, quería, pero...

El corazón de Petra dio un vuelco. En ese momento
se parecía a Aquiles más que nunca, tratando de sacarse
la flecha del talón, en vano.

–Sí, pero... –dijo ella amargamente–. Debería haber
sabido que había algún «pero».

–Nadie sabe lo de esa tumba –dijo él–. No puedo ob-
viar ese detalle.

–A lo mejor Nikator sí lo sabe. A lo mejor tenía a alguien siguiéndonos.

–Eso no los ayudaría a encontrar la tumba. Está bien
escondida en el bosque. No puedes verla desde fuera.
Nunca se lo he dicho a nadie. Tú eres la única persona
en la que he confiado lo bastante como para... –Lysandros gruñó y trató de abrazarla, pero ella retrocedió.

–Eso es lo peor que le puedes hacer a alguien –dijo
ella–. Cuanto más confías en alguien, peor es cuando te
traicionan.

Él la miró como un hombre perdido en la niebla.

–¿Qué has dicho?

–¿Es que no reconoces tus propias palabras, Lysandros? Eso fue lo que me dijiste en Las Vegas. Y te voy
a recordar algo más. Nadie es tan bueno como pensamos y más tarde o más temprano la verdad termina por
aparecer. Es mejor no hacerse ilusiones. Lo decías de

verdad, ¿no? No me había dado cuenta hasta ahora de que lo decías tan en serio.

—No me recuerdes esa época –dijo él, gritando–. Ya ha acabado.

—Nunca acabará porque tú la llevas contigo, y todo ese odio y esa desconfianza te acompañan a todas partes. Simplemente lo escondes muy bien hasta que pasa algo, y entonces sale a la luz. Te hace jugar sobre seguro a base de pensar lo peor de todo el mundo. Incluso de mí. Mira dentro de tu corazón y sé sincero contigo mismo. De pronto soy igual que todas las demás, ¿no? Manipuladora, mentirosa...

—¡Cállate! ¡No hables así! –le gritó él, furioso–. ¡Te lo prohíbo!

—¿Por qué? ¿Porque está demasiado cerca de la verdad? ¿Y quién eres tú para prohibírmelo?

—Quiero creerte. ¿No lo entiendes? –la agarró de los hombros con fuerza, casi sacudiéndola–. Pero dime cómo. Enséñame cómo. ¡Dímelo!

Su desesperación era desgarradora.

—No puedo decírtelo. Eso tienes que averiguarlo tú solo.

—Petra, por favor, trata de entender.

—Lo entiendo, pero quisiera no hacerlo. Entiendo que todo sigue igual. Pensamos que las cosas podrían ser diferentes ahora. Te quiero y esperaba que tú me quisieras a mí también.

—Pero yo te quiero. Lo sabes.

—No, ni siquiera tú lo sabes. Los muros siguen estando ahí, separándote del resto del mundo, de mí. Yo pensaba que podría tirarlos abajo, pero no puedo.

—Si tú no puedes, entonces nadie puede –dijo él, desesperado. Dejó caer las manos y dio un paso atrás–. A lo mejor ya no hay nada más que decir –añadió en un tono de resignación.

Se oyó un ruido en la distancia, luces... La fiesta tocaba a su fin. La gente estaba saliendo y sus risas se oían claramente en la noche despejada.

—Te llamaré —le dijo él—. Hay formas de llegar el fondo de todo esto.

—Claro —dijo ella en un tono formal.

Él le tocó la mejilla brevemente con las puntas de los dedos y se marchó, sin siquiera darle un beso.

La investigación detectivesca fue bastante sencilla. No les llevó mucho tiempo averiguar que el periódico era falso, impreso bajo las órdenes de Nikator.

Sin embargo, eso no fue de mucha ayuda. Las conversaciones y los rumores eran lo que más daño hacían. Muchos asistentes a la fiesta habían leído el supuesto reportaje y no había forma de parar sus especulaciones.

Petra llamó a la editorial y les dijo que abandonaran los planes de reedición. Los editores estaban consternados.

—Pero hemos oído cosas muy interesantes.

—Nada es cierto —dijo ella—. Olvidadlo, por favor.

Lysandros y ella seguían en contacto, pero las cosas se habían enfriado. Intercambiaban mensajes de texto en un tono formal y ella no trataba de ir más allá. La estaba evitando y ella sabía por qué. Si se hubieran encontrado cara a cara, él no hubiera sabido qué decirle. Lysandros Demetriou había vuelto a encerrarse en su fortaleza indestructible.

En la biblioteca de Homer encontró una copia de su libro, el que Nikator había usado en su contra.

—Ahora sé de dónde sacó la idea —pensó, leyendo su propia obra.

Su nombre estaba unido al de muchas mujeres, pero aquélla por la que hubiera dado su vida era Polyxena, hija de Príamo, rey de Troya. Su amor por ella había alimentado la esperanza de un tratado de paz entre griegos y troyanos; el fin de la guerra. Pero Paris no

estaba dispuesto a ceder. Por ese acuerdo hubiera te-
nido que devolver a Helena a su legítimo esposo, y eso
era algo que no iba a permitir. Gracias a sus espías
llegó a saber que sólo se podía destruir a Aquiles a tra-
vés de su talón, así que se quedó en el templo, ace-
chando, esperando el día de la boda. Cuando Aquiles
llegó le atravesó en su punto débil con una flecha en-
venenada.

Para mayor gloria de la leyenda, se decía que el espíritu de Aquiles había hablado desde la tumba para pedir el sacrificio de Polyxena y así descansar junto a su
amada, y los troyanos habían accedido a su petición.
Polyxena había sido sacrificada ante el altar.

¿Pero qué había pasado después? ¿La había encontrado
en el barco que cruzaba el río Éstige? Era imposible saberlo, pero de una forma u otra habían tenido un triste
final, como la mayoría de historias de amor.

«Me estoy volviendo loca. Tengo que dejar de pensar así», se dijo Petra, atormentada.

«Tengo que dejar de pensar en él».

Pero eso nunca ocurriría a menos que pudieran encontrar la forma de cerrar la puerta y mirar hacia delante. ¿Cuál era la respuesta? ¿Cuál era la solución?

Por más que Petra se devanaba los sesos, no era capaz de encontrarla. A menos que...

Lentamente se incorporó en el asiento y miró hacia
el horizonte, buscando la inspiración que acababa de escapar de su interior.

«Eso es lo que hace falta. ¡Claro! ¿Cómo no se me
había ocurrido antes?», pensó.

Capítulo 12

EL MENSAJE de texto era simple y sentido.
Tengo que hablar contigo. ¿Por qué has dejado de contestarme? L..

Lysandros vaciló un instante antes de enviarlo. A lo largo de su vida había recibido muchos mensajes así, pero era la primera vez que mandaba uno. ¿Le respondería ella tal y como él solía responder a todas aquellas mujeres? El pensamiento lo hizo sentir escalofríos.

«Tengo que hacerlo», pensó. Ya no podía soportar ese largo silencio.

La respuesta de ella fue muy rápida.

Lo siento. Necesitaba estar sola. P.

Él contestó.

Eso pensé, pero es un error. Tenemos que pensar juntos. L.

Ella volvió a escribirle.

Así sólo nos haríamos más daño. P.

Por favor... L.

De repente el teléfono de Lysandros comenzó a sonar.

–Por favor, es mejor que no hablemos durante un tiempo –dijo ella sin más rodeos.

–No –dijo él–. No es mejor. Hay una forma de salir...

–No si no me crees. Y en el fondo no me crees. Adiós –Petra colgó el teléfono.

Lysandros se frotó los ojos, desesperado. Había oído algo en el ruido de fondo, algo que no podía identificar muy bien, algo... De pronto se puso en pie, mascullando un juramento. Era un mensaje por megafonía. Ella estaba en el aeropuerto. Presa de un frenesí, volvió a llamar, pero ella había apagado su teléfono móvil.

Inglaterra. Iba de vuelta a Inglaterra... Sin perder ni un segundo llamó a su piloto privado. Un momento más tarde iba corriendo hacia el helipuerto privado, listo para subir a bordo. Mientras el piloto del helicóptero se comunicaba con el aeropuerto para solicitar autorización de aterrizaje, Lysandros llamó a Información para preguntar cuándo salía el próximo vuelo con destino a Inglaterra. Tenía menos de media hora. El piloto tenía una gran experiencia y lograron llegar al aeropuerto de Atenas en muy poco tiempo. Un coche los estaba esperando en la pista para llevarlos al edificio principal. Mientras miraba por la ventanilla Lysandros rezaba en silencio para que el vuelo sufriera un retraso, y fue entonces cuando lo vio; elevándose en el aire, llevándose su vida y su corazón...

A pesar de todo, se aferró a la última pizca de esperanza. Entró rápidamente, comprobó el panel de salidas y entonces tuvo que aceptar la cruda realidad. Se había ido. La había perdido para siempre. Su vida había terminado. Mareado y tambaleante, se apartó del mostrador. Estaba ciego de dolor y sólo quería gritar con todas sus fuerzas. De pronto sintió que chocaba con alguien y entonces notó unos brazos a su alrededor. Trató de recuperar el equilibrio.

–Lo siento, yo... ¡Petra!

Ella se aferraba a él y le miraba a los ojos, todavía sin creerse lo que estaba ocurriendo.

–¿Qué ocurre? –le preguntó–. ¿Por qué estás aquí?

–Para que no te fueras. Pensaba que ibas en ese avión que acaba de salir para Inglaterra. No puedes irte así.

–¿Así?

–No hasta que hayamos aclarado las cosas.

Petra no sabía qué pensar. Él temblaba en sus brazos.

–No voy a volver a Inglaterra. No es por eso que estoy aquí. Por favor, cálmate un poco. Me estás preocupando.

Él apenas podía respirar. Era tanto el alivio que sentía.

–Vamos a sentarnos en algún sitio –dijo ella–. Te lo explicaré todo.

Se sentaron en un bar y pidieron unos refrescos.

–Iba a irme a Corfu –dijo ella–. He estado pensando mucho en todo este asunto y me pregunté cómo averiguó Nikator todo lo que dijimos. Creo que sabía mucho más de lo que decía acerca de la Casa de Príamo; lo suficiente como para haber puesto micrófonos en el lugar, tal vez hace mucho tiempo. Iba a ver qué podía encontrar.

–Sí –dijo él–. Eso es. Encontraremos la respuesta. ¿Pero por qué no me dijiste nada?

–No sabía cómo ibas a... Bueno, de todos modos, quería ir sola, pero cuando llegué aquí me di cuenta de que debía decírtelo primero, porque si encuentro micrófonos, quiero que estés ahí para verlo. De lo contrario... –esbozó una sonrisa tímida–. De lo contrario, ¿cómo vas a saber que no fui yo quien los puso allí?

–No, por favor –dijo él en un susurro.

–De todos modos, estaba a punto de irme del aeropuerto. Iba a buscarte para contarte lo que tenía entre manos, pero ahora estás aquí. ¿Por qué has venido?

–Por ti. Oí un mensaje de megafonía por el teléfono y pensé que dejabas el país. Tenía que impedírtelo.

Mira, lo demás no importa, pero no puedo dejar que te vayas.

–¿Aunque sigas desconfiando de mí? –le preguntó ella en un tono serio–. No importa. Ya nos preocuparemos luego. No sabemos cómo va a salir todo esto.

–Mi helicóptero está aquí. Puede llevarnos a Corfu directamente, y allí encontraremos todas las respuestas.

Petra no contestó. Sabía que las cosas no eran tan sencillas. Quizá encontraran algunas respuestas, pero no todas, y aún quedaban muchos obstáculos que superar.

Una hora más tarde el helicóptero aterrizó en Corfu. La Casa de Príamo estaba tal y como la habían dejado, pero reinaba el silencio en ella. Lysandros no perdió el tiempo. Buscó algunas herramientas en el cobertizo y se dirigió hacia la tumba de Brigitta, escondida entre los árboles. De alguna forma ella parecía muy presente en ese momento; suplicándole a Lysandros que estuviera a su lado y que olvidara todo lo demás.

–¿Por qué está haciendo esto? –le preguntó Petra al espíritu, como si pudiera oírla–. ¿Es que sólo puede quererme y confiar en mí cuando tiene algo tangible a lo que aferrarse? ¿No hay nada en su interior que le diga la verdad? ¿Todos esos momentos íntimos que pasamos juntos no cuentan para nada?

Por un momento creyó oír el lamento de la joven muerta; un eco desde el inframundo, sin esperanza...

–¡Lo tengo!

El grito de Lysandros interrumpió sus pensamientos. Había trabajado muy duro, cavando y sacando tierra alrededor de la tumba.

–Ya lo tengo –dijo, con una mirada triunfal y algo en las manos.

–¿Qué has encontrado?

–Micrófonos diminutos capaces de captar cualquier sonido.

Todo había acabado, pero Petra no sentía la alegría que había anticipado.

–Entonces este lugar no era seguro –le dijo ella, sin darse por vencida. Aún esperaba que Lysandros le dijera que hubiera creído en ella aunque no hubiera encontrado nada–. ¿Pero cómo sabes que no he estado aquí antes para ponerlos?

–Claro que no –dijo él–. Míralos. Son antiguos. Llevan años aquí. Nikator debía de tener espías que lo informaron de la existencia de este lugar y debió de poner los micros hace mucho tiempo. Estaba esperando su momento.

–Ah, ya veo. Entonces las pruebas me dejan limpia.

–Por supuesto –salió del foso y la agarró de los hombros–. Cariño, ¿no ves que esto es maravilloso? Todo está resuelto.

–¿Ah, sí? –susurró ella.

Lysandros apenas oyó sus palabras.

–Ven –le dijo, estrechándola entre sus brazos y besándola con frenesí–. Nada podrá separarnos de nuevo.

La agarró de la mano y echó a correr hacia la casa, rebosante de felicidad. Al llegar al dormitorio abrió la puerta con la punta de pie y la tumbó suavemente sobre la cama. Petra tuvo una fracción de segundo para decidirse y eligió hacer el amor. Estaban muy cerca del final y por ese motivo quería saborear la última vez. Le hizo el amor como nunca antes lo había hecho, entregándose por completo, en cuerpo, alma y corazón. Todo en ella le pertenecía y ya nadie podría ocupar su lugar, pero, sin embargo, tenía que dejarle marchar.

Con cada caricia, con cada susurro, se despidió de él.

Llegaron juntos a la cumbre del placer y entonces él sonrió, aliviado y feliz.

–Gracias a Dios –dijo, abrazándola–. Estuve a punto de perderte.

Petra hizo un esfuerzo por contener las lágrimas.

–Lysandros...

–¿Qué pasa, mi amor?

–¿No te das cuenta de que me has perdido?

–No, ¿cómo? Ahora sabemos lo que pasó. Lo del periódico era una farsa. Nikator hizo que nos siguieran hasta el palacio y hemos encontrado las pruebas que demuestran tu inocencia.

En cuanto dijo las últimas palabras se dio cuenta de lo que había hecho y Petra lo vio en sus ojos.

–Sí –dijo ella, tristemente–. Necesitabas pruebas para demostrar mi inocencia porque no bastaba con mi palabra.

–No –dijo él, interrumpiéndola–. No digas eso.

–Tengo que hacerlo. Me voy, por lo menos durante un tiempo.

–No. No voy a dejarte marchar. Te quedarás hasta que lo entiendas todo –al oírse a sí mismo puso los ojos en blanco–. No quería decirlo de esa manera.

–No importa. Me gusta saber que me deseas, pero esto no está bien. Si supieras lo mucho que he deseado que me creyeras, a pesar de las acusaciones. Ahora es demasiado tarde.

–Pero lo hemos arreglado.

–Mi amor, no hemos arreglado nada. ¿No lo ves? Hicimos el amor y fue hermoso, pero el verdadero amor es mucho más que pasión. Sé lo que tengo que hacer cuando estoy en tus brazos. Conozco tus caricias favoritas, y tú conoces las mías. Sabemos cómo tentarnos el uno al otro hasta que explotamos de deseo. Y eso es suficiente durante un rato, pero pasa pronto, y después sólo queda la distancia entre nosotros.

–Pero no tiene por qué ser así –dijo él con impotencia–. Podemos superarlo juntos.

Petra lo miró fijamente. Ya era demasiado tarde.

–Me estás diciendo que te he defraudado –dijo él–. No puedes perdonarme.

–No hay nada que perdonar –dijo ella en un tono apasionado–. Lo que te hicieron fue terrible, y no es tu culpa que las viejas heridas no hayan cicatrizado. Pero lo cierto es que esas heridas siguen sangrando. No eres capaz de creer en nadie, ni siquiera en mí. Por favor, trata de comprenderlo.

Una mirada mortífera se apoderó de los ojos de él.

–Sí –dijo por fin–. Por supuesto que te tienes que ir, porque te he decepcionado, ¿no? Vete mientras puedas. Vete antes de que te destruya igual que la destruí a ella –se vistió rápidamente y se marchó sin mirar atrás.

Destrozada, Petra le siguió con la mirada. Eso era lo que había planeado, pero vivirlo era casi insoportable. Se puso la ropa a toda prisa y corrió tras él.

En cuanto llegó al rellano de la escalera supo que había ocurrido algo. La puerta de la bodega estaba abierta y en su interior se veía una luz y se oían voces.

Avanzando lentamente, Petra se preparó para lo que se iba a encontrar; Lysandros contra la pared, y Nikator apuntándole con una pistola.

–Vete –le gritó Lysandros–. ¡Ahora!

–Oh, me temo que no –dijo Nikator, apuntándola a ella–. He esperado mucho tiempo para teneros juntos. Sentémonos, querida, y charlemos un poco.

–¿Cómo es que estás aquí, Nikki? –le preguntó Petra, tratando de sonar tranquila a pesar del horror que sentía.

–No fue difícil. Sabía que llegaríais pronto.

–Déjala marchar –dijo Lysandros–. Me quieres a mí.

–A ella también la quiero. Siempre la he querido. Y ya me he cansado de esperar. Si no es de una forma, será de otra. ¿No es así?

–Entonces puedes tenerme, Nikator –dijo Petra–. Deja que Lysandros se vaya y soy toda tuya.

–¡No! –gritó Lysandros, fuera de sí.

–¿Qué más te da? –dijo Petra–. Habíamos decidido separarnos. Yo nunca me quedo demasiado tiempo con un hombre. ¿Qué me dices, Nikki? –ella todavía estaba en las escaleras.

Nikator estiró el brazo para hacerla bajar.

–¿Quieres decir que te quedarías conmigo?

–Si dejas ir a Lysandros.

Nikator soltó una risotada escalofriante.

–Oh, querida, quiero creerte, pero me estás mintiendo. Todavía estás enamorada de él. Después de todas las cosas que te he oído decirle.

–¿Quieres decir...?

–Sí. Lo he oído todo. No sólo había micrófonos en los jardines. Están por todas partes. Yo los puse hace muchos años y he estado esperando todo ese tiempo. He estado a vuestro lado todo el tiempo.

De pronto Lysandros se abalanzó sobre Nikator. La pistola se disparó y hubo una explosión que sacudió las entrañas de aquel viejo sótano. La bala se incrustó en el desvencijado techo y un segundo después todo se estaba cayendo sobre sus cabezas. Petra vio cómo se desplomaba sobre Lysandros y todo se oscureció de repente.

Estaba en el lugar que tanto tiempo había esperado por ella. Ante sus ojos fluía el río Éstige, el torrente que separa a los vivos de los muertos. Su corazón siempre había sabido que la elección final no estaba en sus manos y ya había llegado el momento de dejarse llevar por la corriente.

¿Había tenido elección? No. Había visto cómo el techo se caía sobre la mujer que amaba, y había corrido hacia ella para protegerla. No había tenido tiempo de pensar. La vida sin ella hubiera sido insoportable y era preferible morir por ella. La espalda le dolía mucho después de recibir el impacto del techo. Ella yacía debajo de él, inmóvil.

–No. Aún no –susurró, aterrorizado–. Espérame, y cruzaremos juntos.

De pronto sintió un temblor debajo del cuerpo, y entonces oyó una respiración.

–Petra, Petra... ¿Estás viva? Háblame –le decía, desesperado.

–Aaaaah... –el hilo de voz era tan débil que apenas se oía.

–¿Puedes oírme?

Ella abrió los ojos un poco y le miró.

–¿Qué ha pasado?

–Se nos cayó el techo encima. Estamos atrapados. No hay forma de salir a menos que alguien ahí fuera oyera el estruendo.

Y eso era más que improbable. Estaban bajo tierra en una parte de la casa que no se veía desde la calle. Podían pasar días sepultados, o quizá más.

–Me has salvado.

–Ojalá hubiera podido –dijo él.

–Te tiraste encima de mí para protegerme de las vigas. Podrías haber salido, pero...

–¿Y vivir sin ti? ¿De verdad crees que es eso lo que quiero? O estamos juntos o nada.

Ella logró volverse hacia él. Había lágrimas en sus ojos.

–Cariño, ¿te duele mucho?

–No, pero no puedo moverme, y no puedo sacarte –dijo él.

Ambos sabían que, si trataba de moverse, lo que quedaba de la estructura acabaría desplomándose sobre ellos.

–O estamos juntos o nada –murmuró ella.

–¿Petra?... ¡Petra!

Sus ojos se habían cerrado y su respiración se hacía cada vez más tenue.

–¡Petra! Escúchame. Por el amor de Dios, despierta.

Pero ella no abría los ojos y él sabía que el barco ya la estaba esperando. Se estaba embarcando en su último viaje, dejándole a él atrás.

–Todavía no –suplicó él–. No hasta que me hayas oído, hasta que me hayas perdonado. No debería haber dudado de ti. Dime que lo entiendes, que esto no nos separará para siempre.

Todo estaba ocurriendo de nuevo. Tenía que implorar el perdón de una mujer cuando emprendía el último viaje, pero ella no le oía.

–Perdóname –susurró–. Dame alguna señal de que me perdonas.

Sin su perdón jamás podrían hacer ese viaje juntos. Él la había traicionado con su desconfianza, y ese crimen lo separaría de ella incluso en el inframundo.

Ella se alejaba cada vez más, rumbo a un lugar al que no podía seguirla.

–Despierta –le dijo, entre sollozos–. Sólo un momento, por favor.

Sólo había silencio y el sonido de su respiración ya era casi imperceptible.

Mientras la veía irse sin remedio, Aquiles levantó su rostro hacia el cielo y suplicó con todas sus fuerzas.

–¡Llevadme a mí, no a ella! ¡Dejadla vivir! ¡Llevadme a mí!

Petra estaba en otro mundo. Allí estaba el río Éstige, que llevaba al inframundo; un viaje sin retorno. Se volvió para contemplar la Tierra, pero ya era demasiado tarde. La había dejado para siempre.

De repente, vio un barco que se acercaba desde el otro lado de la orilla. Había un hombre en la proa. Era alto y magnífico y todas las criaturas menores se apartaban a su paso, pero él no tenía ojos para ellos. Estaba buscando algo, a alguien, a ella. Cuando la vio, extendió los brazos, suplicante... De repente supo quién era. Era el hombre que había elegido morir por ella, y le preguntaba si estaba dispuesta a seguirle.

—No sabía si vendrías —le dijo—. Sólo podía ocurrir si estabas dispuesta.

—¿Cómo podría no estar dispuesta a pasar el resto de la eternidad contigo?

Fue hacia él y él la ayudó a subir al barco.

—Eternidad —le susurró al oído.

El barco viró y emprendió el viaje de vuelta, perdiéndose en la bruma del agua.

—Mi amor, despierta, ¡por favor!

Lentamente ella abrió los ojos y frunció el ceño. El inframundo no era lo que se había imaginado. Más bien parecía una sala de hospital.

—¿Cómo he llegado aquí?

—Vinieron a tiempo —le dijo Lysandros. Estaba sentado en una silla al lado de la cama—. Alguien oyó el disparo y llamó a la policía. El equipo de rescate nos sacó.

Ahora podía verle más claramente. Tenía la cabeza vendada y el brazo en cabestrillo.

—¿Te has hecho mucho daño?

—No mucho. Parece peor de lo que es. El médico dice que estamos llenos de hematomas, pero nada más.

—¿Y qué pasa con Nikator? —preguntó Petra.

—Está vivo. Recibí un mensaje de Homer. Me dijo que se lo había llevado a un hospital especial, donde va a tener que pasar una buena temporada. Le he dicho a todo el mundo que fue un accidente. Nadie tiene por qué

saber la verdad. No te preocupes por él. Tuve miedo de
que no lo consiguieras.

De pronto Petra lo recordó todo. Él se había inter-
puesto entre las vigas y ella para salvarla.

–Me has salvado la vida. Podrías haber muerto.

–Y tú también. ¿Pensabas que iba a dejarte ir sola?
Te habría seguido a cualquier parte, adondequiera que
fueras, te gustara o no.

–Y a mí me hubiera encantado que estuvieras a mi
lado. ¿Cómo podría no estar dispuesta a pasar el resto
de la eternidad contigo?

–¿Lo dices en serio? –preguntó él con impaciencia–.
Hablabas como si todo hubiera terminado entre nosotros, y no te culpo, pero...

Pero él había elegido morir antes que vivir sin ella,
y ésa era la señal que tanto tiempo había deseado.

–Jamás volveré a dejarte marchar –dijo él–. No después de todo el tiempo que pasé contigo entre mis brazos ahí abajo, preguntándome si volverías a despertar,
si vivirías o morirías, si permitirías que te acompañara...

–¿Permitirte?

–Depende de ti. Siempre ha sido así. Podrías haber
seguido adelante sin mí. Yo sólo podía suplicarte que
tuvieras compasión de mí. Mientras estabas inconsciente escuchaba las cosas que decías, con la esperanza
de oír algo alentador. Pero tus palabras eran extrañas y
confusas.

–¿Qué decía? –preguntó ella.

–Una vez dijiste: «La historia está mal». ¿Qué querías decir?

–La historia en la que Aquiles había obligado a Polyxena a morir. Él no la obligó. Sólo le pidió que lo siguiera si estaba dispuesta, y ella lo estaba.

–¿Cómo lo sabes?

–No importa. Lo sé.

–¿Es éste otro de tus hallazgos del siglo?

–No. Jamás se lo diré a nadie excepto a ti. Éste es nuestro secreto.

Él estiró una mano y le tocó la cara con dedos temblorosos.

–Nunca me dejes. Eres mi vida. No quiero a nadie más.

–Yo estaré contigo siempre y cuando me necesites.

Pasaron unos cuantos días hasta que les dieron el alta. Después volvieron a la finca y dieron un paseo por los alrededores.

–Voy a demolerlo –dijo Lysandros–. No podría volver a este lugar. Tendremos nuestra casa en otro lugar.

–¿Y qué pasa con Brigitta? ¿Y tu hijo? No podemos dejarlos aquí. Llevémoslos de vuelta a Atenas para que descansen en paz.

–¿No te importaría?

Ella sacudió la cabeza.

–Ella es parte de tu vida y, de no haber sido por ella, jamás nos hubiéramos conocido.

–Y si no nos hubiéramos conocido, mi vida habría ido de mal en peor. Tengo tanto que agradecer. Tenía miedo del amor porque pensaba que era una debilidad, pero estaba equivocado. El amor es fuerza, y el verdadero cobarde es el hombre que no puede amar, o el que teme amar. Llevo años encerrado en una cárcel que yo mismo creé, y no dejaba entrar a nadie. Pensaba que así estaba seguro de cualquier invasión. Ahora sé que no hay ninguna fuerza que valga, excepto la que tú me das cuando estoy en tus brazos, la fuerza de tu corazón.

Ella le sujetó las mejillas con las manos.

–Tienes razón. No es una debilidad necesitar a la gente. La verdadera debilidad es no saber que los necesitas y vivir una vida solitaria y triste. Pero si extiendes tus brazos y ellos te corresponden, entonces tu fuerza puede mover montañas.

–Y tú me has correspondido, ¿no? No fue sólo casualidad que nos reencontráramos después de tanto tiempo –dijo él.

–Cierto. Creo que los dioses dieron la orden desde el Olimpo.

–Y es por eso que las cosas han sido inevitables entre nosotros desde el principio, si realmente crees que puedes soportarme.

–¿Pero cómo iba a desobedecer una orden divina? –preguntó ella con ternura.

Y lo que los dioses ordenaban era sagrado. Su destino juntos había sido escrito por un poder superior, y así debía ser. Sería una vida de pasión y dolor, peleas y reconciliaciones, sufrimiento y alegría. Pero ya nunca más volverían a dudar del camino que había sido marcado para ellos.

Un día el barquero los estaría esperando en el río Éstige para llevárselos al otro lado, hacia la eternidad.

Pero ese día no había llegado todavía.

*Los hombres como Marc Contini no perdonaban…
se vengaban…*

Cinco años atrás, Ava McGuire dejó a Marc y se casó con el mayor enemigo de éste en los negocios, causando un gran escándalo. Pero nadie sabía que la habían forzado a dar el «Sí, quiero». Ahora sólo tenía deudas y otra proposición escandalosa.

Marc quería a Ava en su cama durante todo el tiempo que él deseara…

Amante para vengarse

Melanie Milburne

Acepte 2 de nuestras mejores novelas de amor GRATIS

¡Y reciba un regalo sorpresa!

Oferta especial de tiempo limitado

Rellene el cupón y envíelo a
Harlequin Reader Service®
3010 Walden Ave.
P.O. Box 1867
Buffalo, N.Y. 14240-1867

¡Sí! Por favor, envíenme 2 novelas de amor de Harlequin (1 Bianca® y 1 Deseo®) gratis, más el regalo sorpresa. Luego remítanme 4 novelas nuevas todos los meses, las cuales recibiré mucho antes de que aparezcan en librerías, y factúrenme al bajo precio de $3,24 cada una, más $0,25 por envío e impuesto de ventas, si corresponde*. Este es el precio total, y es un ahorro de casi el 20% sobre el precio de portada. !Una oferta excelente! Entiendo que el hecho de aceptar estos libros y el regalo no me obliga en forma alguna a la compra de libros adicionales. Y también que puedo devolver cualquier envío y cancelar en cualquier momento. Aún si decido no comprar ningún otro libro de Harlequin, los 2 libros gratis y el regalo sorpresa son míos para siempre.

416 LBN DU7N

Nombre y apellido	(Por favor, letra de molde)
Dirección	Apartamento No.
Ciudad	Estado	Zona postal

Esta oferta se limita a un pedido por hogar y no está disponible para los subscriptores actuales de Deseo® y Bianca®.
*Los términos y precios quedan sujetos a cambios sin aviso previo.
Impuestos de ventas aplican en N.Y.

SPN-03

©2003 Harlequin Enterprises Limited

La venganza del príncipe

OLIVIA GATES

El príncipe Mario D'Agostino estaba acostumbrado a recibir todo tipo ofertas. Sin embargo, la mujer que le había hecho esa propuesta lo dejó sin respiración. No estaba interesado en hablar de negocios, hasta que se enteró de que la misión de ella era hacerle regresar a su tierra natal, Castaldini, para subir al trono.

Se suponía que seducir al mensajero no era parte del trato. Pero, tras una noche de pasión, Mario supo que Gabrielle debía ser la reina de su corazón. Su mundo se derrumbó cuando descubrió la verdadera identidad de su amante… y la traición clamó venganza.

"Cien mil dólares por una hora de tu tiempo"

Fue rechazada por romper las normas…

La ingenua Phoebe Brown se enamoró del magnate Jed Sabbides después de que él la conquistara, la invitara a cenar y se acostara con ella. Pero cuando le anunció que estaba embarazada, Jed se quedó horrorizado. ¿No comprendía que para él ella sólo era una distracción agradable? Por desgracia, Phoebe perdió al hombre que amaba y al bebé…

¡Increíblemente, años más tarde, Jed descubrió que Phoebe tenía un hijo que se parecía mucho a él!

El hijo oculto del magnate

Jacqueline Baird